# LES NOVICES

DU MÊME AUTEUR

LES JOURS EN COULEURS, Grasset.
L'HOMME ARC-EN-CIEL, Grasset.
TRANSIT-EXPRESS, Grasset.
L'AMOUR DANS L'AME, Grasset.
OCÉANS, Grasset.
LE VOYAGEUR MAGNIFIQUE, Grasset (Prix des Libraires 1988).
JOURS ORDINAIRES (poésie), Grasset.
LA DÉRIVE DES SENTIMENTS, Grasset (Prix Médicis 1991).
SORTIES DE NUIT (poésie), Grasset.
LE PROCHAIN AMOUR, Grasset.
UN INSTANT DE BONHEUR (nouvelles), Grasset.
LA RUÉE VERS L'INFINI, Biblio-essais ; Le Livre de Poche.
LA RUÉE VERS L'INFINI 2, Biblio-essais ; Le Livre de Poche.
LE SOUFFLE DU MONDE (poésie), Grasset.
PARIS AQUARELLES, éd. du Pacifique.
LA VOIX PERDUE DES HOMMES, Grasset.
L'ENFANT SANS NOM, Grasset-Jeunesse.
LA MANUFACTURE DES RÊVES (essai autobiographique), Grasset.
LES ÉTERNELLES, Grasset.
LOU ANDREAS-SALOMÉ, Mengès.

YVES SIMON

# LES NOVICES

*roman*

BERNARD GRASSET
PARIS

*A Léos Carax.*

Ô cerveaux enfantins !

Charles BAUDELAIRE.

# I

# AMANTS

*« Leurs joues brûlantes se touchèrent,*
*le monde disparut à leurs yeux. »*

WOLFGANG GOETHE.

# 1

*Aujourd'hui*, une canicule obsédante semble avoir perdu de son ampleur alors que l'anticyclone des Açores reste installé au-dessus de l'ouest de l'Europe ; la Méditerranée, au large de l'île de Lampedusa, entre le sud de l'Italie et la Tunisie, est de ce bleu cobalt qu'employa Turner lorsqu'il peignit les paysages vénitiens ; les odeurs de soufre et de mauvais charbon qui infestaient les rues de Berlin-Est ont disparu du quartier Unter den Linden et le nouvel ambassadeur de France a regardé de ses fenêtres de la Pariserplatz les six chevaux lamés d'or ornant la porte de Brandebourg ; à Paris, le soleil s'est levé à 5 h 57, il se couchera à 21 h 31 ; en cette somptueuse journée d'août, la capitale française est visitée par des milliers de touristes qui découvrent la Seine et ses trente-quatre ponts ; en file indienne, dans l'escalier torsadé de la tour nord de Notre-Dame, ils peuvent apercevoir les tuyères bleues et rouges de Beaubourg et, dans le lointain, la butte Montmartre flanquée de sa basilique des Mille et une Nuits ; dans un arrondissement résidentiel, un homme ajuste un chapeau sur son crâne glabre afin de dissimuler la chute de cheveux qu'une chimiothérapie de l'urgence vient de provoquer ; à 14 heures, un écrivain égyptien – chemise jaune et pochette assortie – résidant à l'*Hôtel de la Louisiane* dans le quartier Buci, s'installe avec sa ponctualité coutumière dans sa brasserie préférée et, muet depuis une trachéotomie récente, commande dans un souffle des œufs frits et du pain grillé ; une jeune femme à qui on vient d'arracher son sac au carrefour Barbès-Rochechouart porte plainte auprès de deux agents en uniforme qui tentent de la calmer ; sur un banc de rondins vernis, près du bassin de la Villette, une autre femme, plus âgée celle-ci, dont la nuque se couvre de perles de sueur, vient d'ouvrir le roman en format de poche commencé la veille et qui a pour héros un certain Frédéric Moreau ; dans un minuscule appartement du quartier Bastille, deux jeunes gens se demandent, eux, de quoi est faite cette vie qui les nourrit, les habite, les enthousiasme.

Regardant l'azur de ce ciel d'opérette, ils se sentirent fragiles, tremblèrent et, comme ils crurent avoir froid, ils se prirent la main pour exprimer la douceur qu'ils se vouaient l'un à l'autre.

## 2

Bien sûr qu'ils espéraient. L'espoir est l'essence même de la jeunesse, n'est-ce pas... L'espoir rend la peau transparente comme une opale. Même l'allure se transforme, car il y a dans le port de tête une légèreté qui semble attirée vers le ciel. Ça se repère au son d'une voix, ça s'observe dans la fulgurance d'un regard quand les yeux ont l'intensité de la nuit.

A l'aise dans leur actualité, Léos et Julia se sentaient en harmonie avec elle et, s'ils éprouvaient des désirs, ceux-ci ne les assaillaient pas et demeuraient informels, confus même, pareils à de vagues excitations qui les auraient visités pour s'enfuir aussitôt. Ces élans, ils vivaient avec, se laissaient traverser par eux comme si ces corps étrangers n'étaient intervenus que pour les surprendre de vivre. Eblouis par leur propre existence comme s'ils assistaient à une fête foraine venue les étourdir, ils se tenaient en équilibre sur le mince fil des jours, préoccupés de ne pas chuter, ne pas succomber à l'attraction universelle.

Légers de leurs rêves, ils arpentaient les trottoirs pareils à des livreurs de fleurs qui porteraient un présent à des inconnus. Leurs paroles étaient presque entièrement vouées au futur, ils disaient : demain, un jour, nous verrons : rarement *aujourd'hui*. Ce mot pourtant, ils l'aimaient comme on aime un film obsédant, mais il était plus habité de gestes que de rêves, de mains enlacées, de corps qui se soumettent. Ce mot les envoûtait et ils s'en trouvèrent remplis sans avoir jamais à le prononcer.

## 3

Pourtant, le tissu compact d'*aujourd'hui* les harcelait comme il les enveloppait. Ils se trouvaient pris dans son maillage implacable sans même s'en rendre compte. Ce qui leur donnait l'impression d'être des surfeurs plus que des prisonniers, car ils glissaient sur les lames de leur quotidien pareils à des patineurs qui viennent le soir sous les projecteurs jouer avec la paroi polie et givrée d'une piste délimitée. Eux, s'imaginaient sans limites, confiants dans un monde qu'ils croyaient à leur botte, confiants encore en ses ressources inépuisables pour fabriquer ardeur et frissons, ces remèdes à des mélancolies qu'ils ne rencontraient qu'à d'éphémères instants, mais qui parvenaient à les asphyxier pour une pacotille, un désir contrarié.

La première vraie souffrance de Léos avait été la mort récente d'un père emporté par une rupture d'anévrisme. Ce qui, jusque-là, lui avait semblé n'avoir pas de fin, prenait tragiquement congé de lui. Le chagrin fut intense et perdura à l'intérieur de cauchemars où régnaient des marais crépusculaires, des roseaux duveteux et de la glaise. Mais l'effervescence des choses eut raison du deuil, pas des souvenirs, et Léos se jeta dans les bras de Julia comme un rescapé.

Ils pensèrent que durant toute leur vie il en

serait ainsi, du désir, de l'éclat, du bonheur. Rien, aucune parole, aucun raisonnement n'aurait pu les décider à croire leur liaison provisoire, et ils s'imaginèrent grandis de jouer ainsi à l'éternité.

## 4

Aux premiers jours, leurs corps les rendirent timides. De peur de se décevoir et qu'une réalité affligeante ne vienne remplacer ce que leurs imaginaires concevaient de plus intense, ils restèrent des semaines à s'attendre, comme à s'espérer.

Une nuit où une pluie noire s'abattit sur les toits de la ville, sans précaution aucune, tant ils étaient certains de leurs corps innocents, le rendez-vous de leurs sexes eut lieu. Le plaisir qu'ils parvinrent à s'offrir les combla. Ce n'est qu'un mois plus tard qu'ils firent, pour se donner un gage supplémentaire d'absolue confiance, un test sérologique qui s'avéra pour tous deux négatif.

Alors ce furent des saisons de mots, d'échanges et de fous rires, une étape qu'ils prirent pour une arrivée. Ils se nourrirent autant de leurs silences que de leurs paroles, de corps enroulés, tordus par la douleur et la nonchalance de vivre, collés comme ils l'étaient, l'un à l'autre, à voir défiler les actes d'un opéra qui se déclamait désormais à deux. Etonnés d'avoir trouvé en si peu de temps le code philosophal de ce qu'ils osèrent appeler le bonheur, ce contrôle qu'ils croyaient découvrir sur le cours des choses leur octroya orgueil et suffisance. Ils se sentirent élus, détenteurs d'un pouvoir qui ne pouvait avoir d'autre source que divine et, dans la rue, ils se prirent à sourire, condescendants, à la foule anonyme des recalés de la vie.

## 5

“ Les anges portent des ailes invisibles qui viennent par inadvertance effleurer la peau de ceux qu’ils protègent. Les picotements, les chatouillements, ce sont eux... ” dit Julia en riant. Léos décréta alors qu’elle était l’ange-messager venu lui apprendre que c’en était fini de ses solitudes. Cette décision occasionna des cérémonies inhabituelles pour des préludes amoureux : assis nu sur les cuisses offertes de son amante et formant d’amples gestes aux alentours de son corps, Léos entreprit de caresser les ailes insaisissables de Julia. Pareil au couturier imaginant la parure onirique qui va recouvrir la peau d’une élue, il lissait voluptueusement des formes absentes. Prières muettes, Léos adressa à celle qu’il aimait des préliminaires poétiques.

Ils ne s’étaient pas élus comme on choisit un objet précieux. Ni elle ni lui n’était la pièce manquante au puzzle de l’autre. A leur première rencontre, ils s’imaginèrent marcher côte à côte sur un bord de mer, se réveiller ensemble dans des draps chiffonnés, attendre, mains enlacées, un résultat d’examen. Sans rien se dire ils se distribuèrent des rôles d’amoureux écrits depuis longtemps. Ils s’étaient inventés bien avant de se trouver.

Jamais rien de pareil ne s’était manifesté dans leur vie et ils crurent au miracle qu’une telle rencontre puisse se produire et d'en être fous. Fous, ils l'étaient, et ils se répétaient à satiété les mots de l'étonnement, du désir et des avenirs incertains : ils étaient de jeunes amants abasourdis par ce que l'existence leur permettait.

Pourquoi nous, se demandèrent-ils. Quel stratagème ingénieux a permis que nos deux visages se croisent, se plaisent et s'épousent ? Le miracle des corps fut leur grande découverte. Ils avaient connu des aventures toutes plus décevantes les unes que les autres, et d'arriver aussi simplement à tant de perfection, les éblouissait. En parfaite innocence, ils imaginèrent que rien auparavant dans le monde n'avait pu se produire de semblable, que cette magie des peaux et des parfums était leur fait à eux, un élixir personnel dont ils venaient de trouver la formule délirante.

Comme s'ils se livraient le stock de leurs tendres années, pareils à des orpailleurs impatients, ils décapaient le monde afin que seul le métal précieux emplisse leurs mains et leurs cœurs : l'or d'une jeunesse dont ils se croyaient pourvus à jamais.

# 6

Contrairement à Léos, Julia n'avait pas connu la perte d'un être cher. Un parent, un frère, une sœur. Elle ignorait ce qu'il en est de se retrouver face à une absence qu'aucun mot ni regret ne remplace. Pourtant, la mort ne lui était pas étrangère. Quelques mois avant de rencontrer Léos, elle fut témoin, au cours d'une soirée, d'une tragédie. La fête se déroulait au dernier étage d'un immeuble d'où l'on pouvait voir les tours ocrées de Saint-Sulpice. Une petite brise faisait ondoyer les rideaux de tulle des fenêtres ouvertes, c'était le solstice d'été, l'air était chaud. On dansait, on buvait, on s'inventait des idylles naissantes lorsque, tard dans la nuit, l'une des filles, Cécile, se mit à parler fort et à apostropher son amoureux du moment. Elle tenait dans une même main une cigarette et un verre d'alcool où s'entrechoquaient des glaçons. Soudain, elle dit sans pudeur, provocatrice, d'une voix qui tentait de dominer la musique, qu'elle aimait ce garçon et le mettait au défi de lui répondre, sur-le-champ, que lui aussi l'aimait. “ Là, maintenant. Vas-y, dit-elle, ose dire les mots que tu ne prononces jamais ! ” Il fit un geste las en regardant les autres, comme pour expliquer qu'elle avait sans doute beaucoup bu. Cécile avala d'un trait ce qui restait dans son verre, le posa sur un tablier de cheminée, éteignit posément sa cigarette dans un cendrier, une fois encore elle interrogea du regard le garçon obstinément muet et, d'un pas résolu, se dirigea vers la fenêtre. Elle se retourna et cria : " Adieu connard ! " Avant que personne n'ait pu faire un geste vers elle, elle avait enjambé la balustrade et basculé dans le vide.

Julia fut abasourdie et ne put pleurer tant la stupeur l'étreignait. C'est une fois à l'enterrement qu'elle se mit à sangloter. Elle songea que la paroi entre la vie et la mort était si frêle qu'il suffisait parfois d'un mot, ou d'une absence de mot, pour qu'elle se fracture. " Cécile chérie, j'ai tant admiré ta détermination ", murmura Julia lorsqu'elle s'approcha de la fosse du cimetière. En jetant sa rose rouge sur le cercueil, elle se jura d'être attentive aux mots de l'absolu qu'emportent avec eux les morts.

# 7

Plus qu'à se savourer, ils se dégustaient. Leur lien cannibale les faisait jouir d'un baiser, d'une main frôlée, d'une morsure à l'avant-bras ou à l'un des doigts. Douleur et plaisir. Leurs corps s'offraient à la gourmandise de l'autre et ce fut une découverte pour les deux de pouvoir chaque jour se humer, profiter d'une haleine, du parfum amer d'une chevelure.

Ils se sentirent explorateurs de territoires inconnus, nouveaux arrivants d'un monde où chaque objet, chaque lieu reste à inventorier. Intenses de tant de sensations, ils débordaient de mots, de musiques et s'approprièrent des poésies comme s'ils en fussent été les auteurs. Ils s'écrivaient des billets qu'ils cachaient, pliés, sous un oreiller, à l'intérieur du réfrigérateur, dans la commode, glissés entre deux chemises : paroles de chansons, vers de Prévert qu'ils rédigeaient à la hâte pour une surprise du soir.

Les romans qu'ils lisaient leur montraient des êtres dotés de destins qui parfois pouvaient leur ressembler, mais jamais ils ne parvenaient à s'identifier à eux : ces personnages de fiction étaient perçus comme des étrangers. Ils se sentirent les acteurs exaltés d'un monde inédit.

A eux seuls, ils étaient *une première fois.*

# 8

Dans le studio de la Bastille ils se bousculaient, mélangeaient leurs vêtements, leurs stylos, leurs livres d'étudiants, se disputaient pour un coin de table où pouvoir écrire, où rédiger un devoir. Pourtant, ils y respiraient à pleine gorge, étiraient leurs bras et leurs corps, s'imaginant que c'était cela une vie : vivre l'un sur l'autre en confondant les territoires de chacun. Un premier amour, se disaient-ils, ce n'est pas rien, ce sont deux corps qui apprennent ensemble à ne rien craindre des morsures de la vie, qui installent des paravents pour se blottir l'un contre l'autre à l'abri des tourmentes. Un premier amour, c'est tout ce que peuvent s'offrir des jeunes gens fervents, un viatique pour toujours rempli de souvenirs et de commotions.

Comme s'ils étaient seuls sur une planète dont ils ne pouvaient envisager que les contours vagues, ils vivaient en toute innocence leur insularité et ne se sentaient reliés à rien.

S'ils aimaient les paysages de France, se sentir français n'avait pour eux aucune résonance nationaliste. C'était un état de fait, comme de prendre plaisir à entendre résonner la *Marseillaise* à une finale de Jeux olympiques, se balader sur les berges pavées de la Seine ou tirer orgueil d'apprendre qu'un prix Nobel venait d'être attribué à un compatriote. En revanche, les musiques du monde les touchaient, ils pleuraient à écouter une chanteuse zaïroise à la voix métallique, un Américain avec guitare et harmonica se réclamant de Woody Guthrie dont ils ignoraient tout. Ils absorbaient ce qui leur parvenait sans en savoir l'origine ni l'histoire, se contentant d'éprouver un plaisir qu'ils croyaient issu d'un instant, celui de l'intense présent dont ils se proclamaient les héros.

# 9

Alors qu'ils rentraient d'une soirée chez des amis étudiants, ils allèrent boire un dernier verre dans un bar de la rue de la Roquette, leur quartier. Ils se trouvèrent assis non loin de deux garçons muets qui s'exprimaient par gestes, presque bruyamment tant leurs mains dessinaient d'arabesques et de mouvements désordonnés. Dans la petite cacophonie de l'endroit, on pouvait percevoir leur souffle exalté. Intrigués, Léos et Julia ne purent s'empêcher de regarder le dialogue animé qui se déroulait à leur côté. Les muets, agacés, se tournèrent alors vers eux avec des visages et des mains en point d'interrogation : et alors ? Il y eut un éclat de rire de part et d'autre et les muets, habitués à l'étonnement d'autrui, inscrivirent leurs prénoms, Romain, Antoine, sur un napperon de papier. Léos et Julia déclinèrent à leur tour les leurs, et chacun s'en trouva soulagé. Les muets leur firent comprendre qu'ils travaillaient à tour de rôle dans une épicerie du quartier, que la parole était inutile puisqu'il suffisait de taper sur le clavier d'une caisse enregistreuse ce que les clients avaient empilé dans un panier. Romain raconta avec des gestes compréhensibles qu'il adorait manger, Antoine, en riant, déclara qu'il préférait boire. Ils trinquèrent et commandèrent de nouveaux verres. Léos demanda alors à Antoine comment se disait *je vous aime* avec les mains. C'était le message muet qu'il avait envie de connaître pour l'envoyer à Julia les jours où les mots seraient devenus impossibles. C'est Romain qui forma un mot avec ses doigts qu'il posa sur sa paume, avant de l'envoyer d'un souffle vers le visage de Julia.

Léos répéta le geste, la main, le souffle, on l'applaudit.

## 10

Leur studio se situait à mi-chemin de la place de la Bastille et d'un cimetière, celui du Père-Lachaise. Il appartenait aux parents de Julia et, après le départ du frère aîné qui l'avait occupé avant de s'exiler à Yale University aux Etats-Unis, Julia saisit l'occasion de quitter le cocon familial pour s'y installer. Heureuse opportunité puisque Léos, rencontré peu après, put s'y poser et s'éloigner d'un appartement oppressant, voué au culte d'un père disparu.

Les autres étudiants, pour la plupart, n'avaient pas rompu avec la niche familiale et, fiers de leur exception, Julia et Léos aimaient parader auprès d'eux sur leur vie commune. Orgueilleux, ils s'offrirent en modèle à des amis qu'ils jugèrent attardés ou malchanceux.

Leurs ressources étaient si minces – des bourses d'études, des petits boulots de standardiste pour elle, des jobs de gardien de nuit hôtelier pour lui – qu'ils ne se focalisèrent pas sur d'éventuels objets à acquérir. Ils en parlaient au conditionnel, comme d'une fête qu'ils s'offriraient le jour où ils gagneraient à une loterie, à un jeu national où il suffisait de cocher quelques cases pour espérer, le temps d'une semaine, changer de condition. Mais ils ne jouaient pas et ne rêvaient que d'eux-mêmes. Les tapis d'Orient, un lecteur de DVD, les livres de la Pléiade, une gravure représentant *Les Amants* de

Masson aperçue dans une galerie, avaient été éliminés de leurs préoccupations à l'instant même où le contour vague des objets en question s'était dessiné dans leur esprit.

Ils étaient résolus à n'être les acquéreurs de rien.

Aériens, le fil ténu sur lequel leur vie se déroulait leur suffisait, ils ne craignaient ni le poids du monde, ni les pesanteurs du quotidien. Arbitres de règles qu'ils n'eurent pas à définir, ils virevoltaient à la limite des choses, sans qu'aucune d'elles ne parvienne à les entamer. Ils vivaient au bord d'un gouffre et ils ne le savaient pas.

## 11

La ferveur, l'ardeur, c'est cela, non, qui unifie une histoire de novices ? Se sentir différent, tout est là. Insouciants ? Qui aurait pu les assagir, les rendre à une réalité faite de traquenards et de blessures, d'embûches et de mensonges, eux qui se pensaient invincibles ? S'ils n'éprouvaient nulle ivresse pour une liberté qu'ils imaginaient acquise, ils avaient l'impression de vivre un temps émietté, séquencé par des désirs et des rejets où il suffit d'entendre battre son cœur pour se croire exister.

Comme s'il s'agissait à chaque jour d'une découverte, ils marchaient enthousiastes dans les rues de Paris, dégustaient étonnés ce mot de capitale, le prononçaient en détachant ses syllabes, Pa-ris, avec onctuosité, comme s'ils avaient dit chocolat ou pistache, un mot de l'enfance qui caresserait leurs lèvres.

Ils butèrent sur un premier obstacle. Imperceptible. Ils sortaient d'un film venu de Hong Kong où Julia avait pleuré. Léos, pas. Elle s'était pour la première fois identifiée à la mélancolie de femmes qui toutes étaient passées à côté de leur vie. Mauvaise synchronisation des sentiments, décalage des désirs, beaucoup de larmes coulèrent de ces yeux bridés dénués, en apparence, de sentimentalité. Elle en fut bouleversée. “ Rien ne remplace un amour mort ”, avait psalmodié une voix off.

Ce soir-là, ils ne parlèrent pas. Julia ne parvenait pas à s'endormir alors qu'elle entendit Léos s'agiter dans un rêve. Soubresauts convulsifs, un cauchemar ? Soudain, effrayé, il couina comme un jeune goret menacé et elle s'en trouva agacée.

## 12

A la fois maître et élève, ils se façonnaient à l'usage l'un de l'autre. Pourtant, sans qu'ils en sachent le pourquoi, ils se trouvaient traversés par des vagues de mélancolie. Alors qu'ils se croyaient à l'abri de perturbations étrangères à leur forteresse, une torpeur soudaine et sans raison les envahissait. Ils se regardaient, hébétés d'être ainsi secoués par des éléments extérieurs – une incursion intempestive à laquelle ils n'étaient pas préparés.

C'est alors qu'ils se rendaient compte que des énergies qui les dépassaient pouvaient les atteindre, que des angoisses inexpliquées étaient aptes à envahir leurs cœurs comme leurs pensées. Ils s'exténuaient alors à parcourir leur arrondissement, s'arrêtaient dans une brasserie pour boire un thé brûlant, s'attardaient devant les vitrines, se retournaient pour une sirène de police : à ces instants, ils se sentaient vulnérables et cela les déchirait. Peinés de se sentir ainsi dépendants de tumultes surgis de nulle part, ils se demandaient comment faire face à des fantômes, des forces malignes dont ils ne pouvaient distinguer nul contour. Ces jours-là Léos envoyait à Julia les mots d'amour du langage des muets puis, épuisés de tout, ils se couchaient de bonne heure, s'endormaient en imaginant que le lendemain serait un jour différent et qu'ils retrouveraient, sans s'en poser la question, la quiétude dont ils s'étaient pourvus depuis leur rencontre.

Après une nuit de sommeil, le ciel se montrait bleu à pleurer, un azur insoutenable qui les faisait se serrer comme pour un adieu.

## 13

Un jour, se dirent-ils, ils partiraient sur quelques chemins forestiers respirer l'odeur des fourrures animales, ils prendraient plaisir à entendre leurs ongles crisser sur l'écorce des bouleaux. Ils vivraient dans l'attente chaque matin de voir l'arrivée du soleil, soulever leurs paupières, se lever et courir plonger dans l'eau fraîche d'un lac de montagne. Indifféremment, ils aimeraient le chaud et le glacé, se laisseraient caresser par des alizés, des zéphyrs, un aquilon, mais ne s'habitueraient à aucun vent de grand renom. Ils se tairaient quant à savoir ce qu'il adviendrait de cet amour et laisseraient leurs rêves épouser les contours des ifs et des murailles anciennes. Parfois, ils iraient s'enfouir dans la lande, la bouche à ras de terre pour humer les odeurs exhalées d'une pluie d'été. Ils s'abreuveraient d'iode et de parfums d'algues, se mettraient à courir sur une plage oubliée avec seulement quelques chevaux dans le lointain qui s'approcheraient en désordre. La fièvre, la fusion, ils se rempliraient d'autoroutes, traverseraient des villes inconnues et s'endormiraient rompus de fatigue dans des hôtels de seconde classe pour écrire leurs visions illuminées du jour. Chambres déglinguées où seul régnerait le luxe de se coller l'un à l'autre, ils plongeraient dans les univers d'écrivains maudits aux sombres inspirations et se transformeraient en météores pour les égaler : absorber tout d'un monde où ce qui leur aurait été légué serait recraché en de multiples pépites, flamboyantes, pour enchanter les adolescents qui, comme eux, ne s'extasiaient que de la fulgurance de vivre.

# 14

Allongé sur le lit, Léos, méticuleusement, peignait ce soir-là en rose fuchsia les ongles de pieds de Julia. Ces odeurs de vernis et de solvant, comme le parfum de gardénia qu'elle portait, représentaient pour lui les signes tangibles d'une féminité qui avait investi son périmètre de jeune homme : un halo odorant de proximité qui le rassurait. Lorsque les cheveux de Léos étaient longs, à son tour Julia proposait ses services et, armée d'une paire de ciseaux de broderie, elle s'arrangeait avec les mèches ondulées qui, une fois tombées à terre, formaient un petit tas qu'elle enfouissait dans une boîte métallique de café soluble. “ Quand nous en aurons rempli une dizaine, je pourrai me fabriquer un oreiller de tes cheveux ! ”

Ils adoraient ces bricolages esthétiques qu'ils savaient les relier intensément, comme de prendre leur douche à deux et se frotter mutuellement le dos au gant de crin. Ils n'établirent aucun roulement pour les corvées de linge, au contraire, ils revendiquèrent d'aller ensemble chaque semaine à la laverie automatique. Si à leurs débuts une gêne invisible les avait perturbés, ils prirent vite plaisir à mélanger les ultimes paravents de leurs intimités, mêlèrent leurs sous-vêtements aux draps, à leurs pulls et T-shirts, abandonnant ainsi leurs derniers secrets.

# 15

La rentrée universitaire passée, ils allèrent s'abrutir une fois la semaine dans le clair-obscur d'une discothèque du quartier. Ils aimèrent les basses telluriques qui les prenaient aux tripes, la pénombre enfumée, les éclairs au rasoir des lasers, et là, perdus au milieu d'une foule inconnue, ils dansaient jusqu'à épuisement comme les officiants d'une messe hypnotique où le langage des corps servirait de psaumes à des dieux dyonisiaques. Ils se reconnectaient ainsi à une histoire archaïque, celle des sensations fugaces qui martèlent les nerfs, les muscles, pour se laisser emporter vers des contrées où seule la pulsation de l'instant prévalait.

Au cours de ces soirées, ils appréhendaient d'avoir à marcher à nouveau dans les rues de la nuit et revenir vers le studio de leurs habitudes. Comme après un lent délestage, ils atterrissaient chez eux anéantis, se jetaient sur le lit, yeux ouverts, à s'étonner que tant de vies différentes, le paroxysme et la mesure, puissent cohabiter dans un laps de temps aussi étriqué. Laissant au loin la rumeur des voitures, ils écoutaient leur respiration, le bruissement des draps, ils savaient que ces silences racontaient aussi bien leur passé que les rêves infinis dont ils se rassasiaient. Insensibles à l'attrait de toute drogue, ils ne ressentaient d'addiction que pour la seule histoire qu'ils vivaient, pour ce corps qu'ils pouvaient étreindre à tout moment : leur décharge spasmodique, une passion.

# 16

L'anticyclone de la fin août avait depuis longtemps disparu et la pluie glaçait à nouveau le pavé des allées du Père-Lachaise. Se reflétait là un ciel à l'agonie. Ils étaient venus chercher l'odeur des feuilles mortes, celle de l'humus qui leur rappelait certains itinéraires d'enfance, quand on les traînait vers les caveaux de famille aux alentours de la Toussaint.

Ils allèrent visiter les tombes de célébrités entrevues dans leur livre de littérature, Dumas, Balzac, Nerval, se perdirent dans le dédale du cimetière, puis achetèrent quelques fleurs, rue du Repos, et s'en allèrent garnir les carrés de Jim Morrison et de Simone Signoret. A leurs premières balades, le mausolée d'Héloïse et Abélard avait retenu toute leur attention, mais cet après-midi-là ils voulurent revenir vers leur époque et s'attarder sur des visages qu'ils reconnaissaient et qui parvenaient à les émouvoir. Ils ne se souvenaient plus des prières qu'on leur avait apprises, mais c'est bien de prières qu'il s'agissait puisqu'ils se recueillirent de longues minutes sans mot dire, comme s'ils communiaient devant des morts qu'ils n'avaient pas connus, mais auxquels ils vouaient une tendresse de l'éloignement et un indéfectible respect.

Sous leur parapluie, ils composèrent ce jour-là une forme unique de deux silhouettes mêlées, entité vêtue de noir, leur couleur de prédilection.

## 17

Qu'allaient-ils devenir ? S'ils se posaient parfois la question, cette contingence ne les assaillait pas. Des études littéraires pour l'une, de biologie pour l'autre, pouvaient les amener vers le professorat s'ils se laissaient aller au seul attrait de diplômes qu'aucune autre exigence ne viendrait contrarier. Pourtant, ils s'imaginaient recouverts d'habits d'une tout autre allure : elle se rêvait écrivain, il se voyait chercheur. Mais ces mirages lointains ne revêtaient pour l'heure que peu de réalité tant les forces qui les unissaient leur donnaient la certitude de vaincre, contrairement aux autres, le temps.

Un soir de décembre, ils furent invités à un dîner qu'organisa un des professeurs de Julia. Il y avait là l'épouse, un couple de collègues et un jeune homme à la mèche rebelle. Léos et Julia eurent le sentiment de perdre pied. Dès le début, la conversation se fit sur l'Europe, Robert Schuman, Jean Monnet, les intellectuels du siècle précédent, Sartre l'engagé, Aron le réactionnaire.

— A cause de son accent pied-noir et sans doute pour sa mère illettrée, savez-vous que l'intelligentsia d'alors traita Camus de " paysan endimanché ", dit la maîtresse de maison.

— Je ne suis plus certain aujourd'hui de revendiquer, avec condescendance, préférer avoir tort avec Sartre que raison avec Aron, déclara avec onctuosité le collègue universitaire.

— Aron fut mon maître en hygiène intellectuelle, intervint le professeur de Julia. Certes, il y a de l'épopée chez Sartre que l'on ne retrouve pas chez Aron qui, lui, ressemble plus à un père tranquille... Je vous rappelle toutefois qu'il fut un des premiers, contre son camp, à militer pour l'Algérie indépendante.

— L'un fut d'une sagesse de paysan, l'autre un voyou médiatique, énonça résolu le jeune homme à la mèche. Plus que le philosophe et l'homme au mégaphone sur son bidon de Billancourt, c'est le Sartre des lettres, que je veux garder en mémoire, pour *La Nausée*, pour *Les Mots*.

Léos et Julia écoutaient, se taisaient, qu'auraient-ils à dire sur ces sujets qui leur échappaient ? Ils furent honteux d'eux-mêmes. De leur ignorance. Ils souriaient, prenaient des airs concentrés, regardaient chaque orateur dans les yeux pour ne pas, en plus, être pris en flagrant délit d'inattention. S'ils connaissaient la plupart des noms des personnages évoqués, ils n'avaient rien de pertinent à énoncer sur eux, ni sur une œuvre, ni sur l'époque à laquelle ils avaient pu régner en maîtres-penseurs. Ils prenaient conscience qu'ils n'avaient jamais appris à décrypter l'histoire de ce qui les précédait et, comme si on venait de les jeter dans un océan de tumultes sans qu'ils aient appris à nager, ils se sentirent des naufragés.

Quand le jeune homme à la mèche parla de méthodes staliniennes à propos d'André Breton,

Julia, qui avait rédigé un mémoire sur les surréalistes, saisit opportunément l'occasion pour enfin briller et évoquer de quels poètes ils s'étaient réclamés :

— Apollinaire, Rimbaud, Lautréamont et un inconnu mort à vingt-trois ans, Jacques Vaché, dont Breton affirma qu'il était l'homme qu'il avait le plus aimé au monde.

Elle fut aussitôt dévisagée avec des yeux stupéfaits – ce Jacques Vaché connu de rares aficionados ! L'honneur était sauf. Elle avait réussi à marquer un point dans cette galerie de portraits où se brassaient des dates, des titres de romans... Gratification de courte durée. Lorsque le jeune homme à la mèche cita d'un trait fulgurant, et de mémoire, le poète préféré de Julia, un long passage d'*Une saison en enfer*, elle se trouva anéantie.

Tant ils se sentaient misérables de s'être montrés, l'un à l'autre, d'une telle incompétence, dans le métro de retour ils ne trouvèrent qu'à se taire.

## 18

Pour la première fois depuis leur rencontre, Julia se mit à songer à ce qui n'était pas eux.

Dans un café qui offrait à lire des quotidiens aux consommateurs de passage, elle se prit à parcourir avec une avidité nouvelle les articles de journaux. Alors que jusque-là, seule la lecture des gros titres l'avait intéressée, elle nota des phrases, des mots qui lui semblaient emblématiques, des chiffres, des statistiques, tenta de retenir les visages qui lui étaient inconnus. Session de rattrapage ? De son refuge d'innocence, elle essayait de se souvenir d'une actualité qui la dépassait mais qu'elle ne voulait plus traverser en zombie, incapable de comprendre les tragédies qui s'y déroulaient. Ordonner, classer, elle organisa sa mémoire pour que le flux des nouvelles ne soit pas une avalanche dénuée de signification et s'ingénia à trouver un sens à ce qui, jusque-là, n'en avait pas. Ses souvenirs de lycée se trouvaient si parcellaires, si dénués de perspective, qu'elle se rendit dans une grande librairie pour visiter les étages, les rayons et trouver des livres d'histoire contemporaine, afin d'apprendre de quoi résultait ce présent dont elle ne concevait rien. Délaissant ses cours, plusieurs matinées de suite, elle feuilleta des livres d'art, des romans, des essais et, d'un auteur qu'elle ignorait, elle acheta en format de poche un livre intitulé *Le Désenchantement du monde*. Sans souci des difficultés que pouvait représenter une telle lecture, elle fut captive de son titre, elle qui se sentait désenchantée par une vie qu'elle avait crue acquise et qui lui échappait.

De ses parents, elle gardait l'image de gens qui avaient toujours eu réponse à tout, feignant de tout connaître afin de dissimuler les failles et les faillites de leur propre incertitude. Ni eux ni aucun professeur n'avaient jamais guidé ses lectures, personne pour lui apprendre à exiger par elle-même ce qu'il convenait de savoir des vitrines du monde pour appartenir pleinement à une époque qui ne cessait de l'éblouir.

Julia fut si heureuse de ses nouvelles exigences qu'elle eut envie d'éprouver seule, face à elles, le plaisir indéfini que sa quête lui procurait.

## 19

— Tu sembles absente, dit Léos. Tu erres dans Paris comme si tu te rendais à de mystérieux rendez-vous...

— Me savoir ignorante du monde qui nous entoure m'a foudroyée, une sourde mélancolie s'est abattue...

— ... Tes états d'âme me concernent. C'est cela l'amour, non ? Avouer là où l'on hésite, là où l'on faiblit...

— Un spleen passager, ce n'est pas la fin du monde !

Leur quotidien ne se trouva pas bouleversé par ce que Léos considéra comme un accident de parcours. Pourtant, il s'inquiéta. Cela ne ressemblait à rien de ce qu'il connaissait de ses relations avec Julia. A rien de la frivolité qui les réunissait jusque-là.

Dans un restaurant universitaire où ils venaient de se retrouver pour déjeuner, elle lui offrit un carnet à couverture de moleskine. “ Note à tout moment une pensée, un poème, dit-elle, ce qui t'aura semblé important pour toi, pour nous. Essaie de ne pas oublier qui tu es sur cette terre ! ”

Ils continuèrent d'aller une fois par semaine au cinéma, changèrent de boîte de nuit pour se rendre dans un quartier différent, attirés par la grâce d'un DJ dont ils avaient entendu la réputation. Désagrément d'un tel éloignement, il leur fallait revenir par le dernier métro, ce qui abrégeait l'exténuation qu'ils étaient venus chercher dans leurs sarabandes noctambules.

Heureuse opportunité, les parents de Julia envoyèrent un chèque en prévision des fêtes de fin d'année. Ils purent alors établir des plans pour les vacances de Noël. Comme si la gent parentale s'était donné le mot, ce fut au tour de la mère de Léos de proposer l'appartement d'une de ses amies, à Val-d'Isère. C'est là qu'ils iraient, leurs premières vacances communes à la neige.

“ Ecris chaque jour sur ton carnet, insista-t-elle, encore, si nous nous trouvions un jour séparés, tu n'aurais qu'à me le tendre à mon retour que je sache à quoi tu pensais quand je n'étais pas là. ”

Intuitivement, Léos se mit à lire des journaux, leurs discussions reprirent de leur véhémence mais, sans qu'ils s'en rendent compte, leurs convictions s'éloignaient l'une de l'autre. Leurs gestes, dont ils furent si orgueilleux, se dispersaient sur leurs peaux insoumises, les mots qu'ils se distillaient devinrent des automatismes, comme s'ils n'étaient plus à l'intérieur d'eux-mêmes lorsqu'ils les prononçaient.

Ils s'égaraient.

Désemparé par ce qu'il ne comprenait pas, Léos parla de la volupté qu'il y aurait à se retrouver loin d'ici, les Alpes, dans un décor d'élégance. Il offrit un bouquet de marguerites blanches à Julia et, dans un café, inaugura de ses premières phrases le carnet à couverture de moleskine :

“ Nous ne nous quitterons jamais. Il n’y aura pas de déchirure ni de grande lame pour couper notre rêve. Sur ces pages, je t’écrirai des mots que je ne prononce pas. Je te dirai quand j’aurai de la haine pour toi, que je voudrai te voir enfouie tout au fond d’un volcan. Je t’écrirai ce qu’il faut que tu saches de moi pour que ta magie et ma magie continuent à nous protéger des silences et du mensonge. ”

# 20

“ Qu’est-ce qui nous fracasse à ce point ? ” demanda soudain Julia, en larmes.

La nuit venait de tomber, la journée s’était déroulée sans le moindre tourment, Léos ne répondit rien. Il pensa à l’angoisse qui rampe et se faufile, puis surgit à certain crépuscule. Pourtant, que de hargne dans cette simple phrase ! songea-t-il. De quelle contrée du cœur de Julia surgissait un tel émoi ? Quelle fêlure n’avait-il pas repérée ? Un mot contrariant, une omission ? Il continua de se taire, tout entier au vacarme que la phrase de Julia venait de provoquer dans ses pensées. Il gagnait du temps, voyait défiler leurs vacances de l’été dernier au bord de l’océan, la pointe Saint-Matthieu, Le Croisic, et la rue de Siam à Brest où ils s’étaient chuchoté des mots de Prévert. C’est l’insouciance d’alors qui lui était présente, les dents de Julia lorsqu’elle riait sans retenue, sa jupe à pois qui voletait, ses marinières et son haleine sucrée d’amoureuse. Léos ne parvint pas à se détacher de ces cartes postales qui le rassuraient. Il avait même la sensation de les toucher tant elles vibraient à l’intérieur de son cerveau. Ivres d’océan, ivres de mots, sur la falaise près du phare, ils s’étaient fait des promesses. Une fois encore ils avaient dit demain, nous, ensemble.

Qu’est-ce qui nous fracasse à ce point, venait de demander Julia. Léos dit : “ Le monde qui nous enserre et veut que nous rendions grâce. ”

## 21

Est-ce ainsi que l'insouciance prend fin ? La désinvolture qu'il y eut à croire les sentiments éternels, la disposition à donner et recevoir, à s'habituer aux vases communicants des élans, butent-elles un jour sur une paroi nue, toute d'opacité et de malentendus ? Ils ne cessèrent de s'interroger, marchions-nous à la même vitesse sur notre planète, du même pas, avec une foi et une ardeur identiques ? Dans leur candeur, ils se demandèrent pourquoi les choses s'arrêtaient plutôt que de continuer et ils devinèrent, à se poser de telles questions, qu'une part de leur innocence venait de disparaître.

A l'âge de Julia et de Léos, les amours défilent comme sur un toboggan. Ephémères, bruyantes, elles surgissent à l'improviste pour aussitôt disparaître. Pourtant, leur histoire semblait tant arrimée à un temps qui ne finirait pas, que la brutale survenue d'une échéance venait de retentir comme une oraison funèbre. Il allait leur falloir innover, eux qui jusque-là s'étaient abandonnés à la nonchalance qu'il y avait à laisser faire les choses, à attendre qu'elles adviennent sans jamais avoir à les commander.

## 22

Dès le lendemain, Léos me retrouva dans un café, place de la Bastille. Cette phrase de Julia, “ qu’est-ce qui nous fracasse à ce point ”, retentit à mes oreilles comme si j’avais été présent au moment même où elle fut prononcée. Lorsqu’il me la rapporta, Léos était dans un tel accablement que je le serrai quelques secondes dans mes bras. Consoler, apaiser. Je n’étais qu’un ami, le genre d’homme, un aîné, à qui l’on confie les états de son âme, attendant de lui, en plus du réconfort, le décryptage attentif qu’exige une situation exacerbée. Pour des raisons différentes, j’étais moi aussi en état de choc et fis un effort démesuré pour répondre à ses attentes. Dans l’urgence de leur âge, Léos et Julia étaient prioritaires. Je veux dire par là que la jeunesse, déconnectée de tout, du passé, de l’avenir, soumise aux désespoirs les plus primaires, avait droit à quelques égards.

Léos et Julia se regardaient grandir, moi, je me voyais vieillir.

# 23

Ce soir-là, j'écrivis la première phrase d'un roman que je voulais dédier à ce trouble nouveau :

“ Je suis longtemps resté jeune, ce fut comme une maladie. ”

Qu'aurais-je à apprendre à Julia et à Léos ? C'est la vie qui est l'atelier du monde, là où s'enseignent les gestes de la rencontre et des adieux.

Nous nous étions retrouvés sur le bord d'une piscine municipale où je les regardais nager. Leurs corps élancés glissaient dans l'eau azuréenne, leurs gestes impeccables les faisaient ressembler aux calligraphes orientaux exécutant l'idéogramme parfait. Ils riaient et rien ne laissait transparaître le souci qui les accablait. Fin d'un automne aux couleurs grises et, malgré la fleur vénéneuse qui venait de pénétrer leurs corps, ils semblaient se trouver en totale apesanteur.

Lorsqu'ils revinrent vers moi, ils s'essuyèrent dans de longues serviettes-éponges et s'alanguirent sur des transats, à ma gauche et à ma droite. Je devenais leur trait d'union. Je pensai qu'ils étaient de jeunes adultes qui ne pouvaient pas même imaginer les forces hostiles qu'ils seraient obligés d'affronter, pour simplement ne pas se laisser laminer par ce que l'existence avait de raffiné : astreindre les hommes et les femmes à vivre des histoires qu'ils n'avaient finalement pas choisies.

# II

# LA CHUTE

*“Alors s’est dénoué le nœud qui attachait nos âmes, et s’est coupé le lien qui unissait nos mains.”*

IBN ZAÏDOUN.

# 1

Dans le studio de la Bastille ne résonna plus la même mélodie. La cantate de l'amour est harmonieuse, elle est un ensemble de prévenances qui s'allient à la douceur du laisser-aller, et même du non-dit, quand un seul regard suffit, qu'une inclinaison particulière de la tête parvient à émouvoir au-delà de tout. A présent, Léos et Julia retenaient leur souffle, réfléchissaient longuement avant de s'exprimer, eux qui n'avaient cessé de dialoguer, d'expliquer, d'émettre un point de vue ou un sentiment, sans calcul ni précaution. Ils devinrent peureux, non de l'avenir, mais d'un présent poisseux dans lequel ils se sentaient sombrer.

Par quoi Julia se sentait-elle fracassée ? Contre quelles parois opaques leur histoire sans histoires avait-elle implosé ? Léos se sentit aux abois. Son visage, son regard, tout en lui s'inquiéta. Ainsi, comme tant d'autres, eux aussi rentraient dans le rang. Celui des silences et des demi-teintes, ces lieux de la malchance où les pleurs et les estomacs noués prolifèrent. L'éclatant bonheur qu'ils avaient exhibé, l'arrogance même avec laquelle ils avaient jaugé ceux qui, disaient-ils, ne connaissaient rien à l'art des cœurs, venaient d'avoir raison d'eux.

“ Il faut rendre grâce ”, avait répondu Léos, cela signifiait, sans doute, accepter la tyrannie de jours plus ordinaires.

# 2

Partout dans le monde, à chaque instant, des chagrins envahissaient les âmes, du sang et des larmes abreuvaient le sable clair des déserts comme les régions verdoyantes de l'empire des forêts. Pourtant, nulle seconde où un implacable soleil ne réconfortât sans discontinuer les peaux et les corps aux différents fuseaux horaires de la planète. Imperturbables, les astres gardaient leurs courbes elliptiques pendant que des fous de Dieu se faisaient exploser le corps, que les écrans d'ordinateurs affichaient les milliards de chiffres des flux internationaux, que des élections avaient lieu, ici et là, pour désigner l'orateur habile parvenu à émouvoir un électorat apathique. Des forces faibles et fortes cohabitaient pour maintenir la cohésion du noyau de la matière, comme celle des étoiles et des planètes de la gravitation universelle : agencement attractif d'une harmonie au milieu de laquelle la race humaine battait des ailes et des bras.

Perdus à l'épicentre de ce qu'ils croyaient être un chaos, Julia et Léos se démenaient pour leur survie immédiate. Semblable au titre du livre qu'elle avait acheté, leur univers venait de perdre de sa magie et de son mystère – *un désenchantement*. Venaient de se corrompre les beautés extatiques qu'ils y avaient installées, certains qu'ils furent de savoir les préserver, face à l'entropie des sentiments partout à l'œuvre dans les cœurs.

# 3

Mécanique harmonieuse d'un corps, ces muscles que Léos vit saillir un soir lorsque Julia dansa nue sur la musique du film hong-kongais, ses seins qui se dressèrent lorsqu'elle se renversa en arrière, ses bras et ses mains qui dessinèrent dans l'espace des courbes gracieuses, le bouleversèrent : séquence d'intimité où la danse, une musique et un corps s'allient pour ravir le regard, une beauté éphémère qui exclut tout projet. Léos aimait ces instantanés où Julia dévoilait, sous la luminosité ténue du studio, son corps dansant, soumis à un rythme, aux phrases d'une mélodie permettant que ses bras, ses mains, coïncident avec la perfection d'un final. Il s'émerveilla du synchronisme rigoureux des sons et de la gestuelle de Julia, danseuse de l'instinct, qui adorait fondre son corps avec la mathématique d'un rythme et les stances d'une musique.

Ce soir-là, elle s'était livrée à une danse improvisée comme pour exprimer avec son corps ce que les mots ne parvenaient plus à dévoiler.

## 4

Pourtant, lorsqu'elle dansa, Julia se trouva éloignée de Léos à un point que celui-ci ne pouvait envisager. Comment dire ? Au-delà d'une parade de circonstance, elle se devina faire partie de la compagnie des femmes, ces femmes aperçues dans la fiction d'un film, mais surtout les femmes du quotidien, ses égales, ses compagnes. Captivée par elles, Julia faisait son entrée dans une famille diffuse à laquelle elle sentait devoir appartenir. Presque par inadvertance, franchissant des frontières que jusque-là elle n'avait pas repérées, Julia venait de consommer là, en secret, la rupture avec ses désinvoltures adolescentes.

Pour la première fois, elle se sentit orpheline de Léos. Elle s'absentait d'une histoire qu'elle avait crue constitutive d'un devenir et prenait des distances avec ce qui, jusque-là, avait été sa demeure. Elle criait sans émettre aucun son, se métamorphosait en silence pour ne pas anéantir le garçon qu'elle aimait. Plus qu'une envie d'ailleurs, c'est le désir d'un *autrement* qui venait de la submerger. Un jour, se dit-elle, il faut apprendre à soustraire, retrancher ce qu'on a cru insécable, ce qu'on avait imaginé comme définitivement relié à un rêve illuminé de l'enfance. Léos faisait partie de ces images qu'elle ne pouvait et ne voulait pas se résoudre à effacer. Pas maintenant. Lui dire alors qu'elle lui accorderait du temps pour qu'il se conforme à l'idée qu'elle se faisait d'un homme et d'une femme.

# 5

Après une nuit en train-couchettes, ils débarquèrent à la neige. Ciel d'azur, des montagnes immaculées, un air vif. Cet agencement de l'hiver serait propice au retour à un calme, propre à réapprendre, au fil des jours, un tissu de gestes et de dialogues où quantité de fils brisés parviendraient à se renouer.

Ils s'en allèrent marcher au milieu des montagnes silencieuses, burent des vins chauds à la cannelle et à l'orange, leurs visages tournés vers le soleil. Sur les pistes, ils se grisèrent de l'air givré, de la vitesse, du vent, du poudroiement alentour qui ennoblissait les sapins et les hêtres dénudés.

Dans leur appartement ouvert sur de grands pics, ils étalèrent des livres, leurs vêtements, des journaux dont Julia découpait les articles. Elle avait emporté un cahier, du papier et envisagea d'écrire. Quoi ? Leur histoire peut-être, s'essayer à donner forme à des silences, que l'indicible se formule et offre ainsi à voir ce dont ils ne parlaient plus.

# 6

“ C’est quoi ta première vraie douleur ? ” demanda Léos.

Ils se trouvaient dans un de ces restaurants d’altitude où les promesses de fromage fondu et de faisselles aux myrtilles ornent les pages des menus. Julia émit au hasard, “ Ça s’est sans doute passé dans l’enfance ou à la fin de l’enfance. ” Elle réfléchit en mâchonnant son gant de ski. “ Lorsque j’ai su, dit-elle enfin, que plus jamais je ne pleurerais pour un jouet perdu. Un jour, on devine que les jeux auxquels on s’abandonnait jusque-là vont être d’une autre nature, que les poupées, les parties de cache-cache, tout ça va disparaître, que le plaisir qu’il y avait à entrer dans la peau d’une marchande de fleurs, d’être *réellement* une fée ou une princesse de l’Atlantide n’aura plus cours, que ce pouvoir d’inventer des mondes enchantés va s’étioler et se perdre... Ç’a été cela ma première vraie douleur. C’est un déchirement de savoir qu’il va falloir apprendre à ne vivre qu’avec soi pour y tenir le rôle de sa vie. Je l’ai su lors d’un jour très précis où je jouais avec mon frère et quelques amis aux gendarmes et aux voleurs. Je m’étais cachée derrière des buissons d’aubépine et brusquement il se mit à pleuvoir. Une pluie drue et violente. Alors, un voile s’est arraché et il n’y eut plus ni gendarmes ni voleurs, je n’étais plus une voleuse anxieuse d’être retrouvée, seulement une fille perdue, qui prenait froid et qui pleurait. ”

## 7

J'avais accompagné Léos et Julia sur le quai de la gare de Lyon et les avais regardés s'éloigner, leurs sacs pendus à l'épaule. Je pensai à deux jeunes condamnés pris dans les filets d'une vie qu'ils n'avaient jamais imaginée leur faire mal. Ils découvraient la précarité, le ballet des heures qui jamais ne reviennent. Comment leur expliquer qu'ils vivraient d'autres amours qui les déchireraient, les exalteraient, que l'existence serait inventive de tant de scénarios et de retournements qu'ils auraient fort à faire avec leurs sentiments chaque fois qu'ils croiraient aimer quelqu'un plus qu'eux-mêmes ?

Dans l'immensité alpine, ils allaient s'émouvoir de la beauté hiératique des massifs, du ciel au-dessus d'eux comme une protection divine qui les dépasserait. Par mille petits faits, le froid, la fatigue, le silence de grands espaces, ils se relieraient à un monde qu'ils avaient dédaigné tant ils furent préoccupés par eux-mêmes. Je songeai que la jeunesse était un état de grâce somptueux tout autant que cruel. Une VI^e^ République, l'effondrement de la banquise polaire, la conquête des anneaux de Saturne, rien n'y faisait : les errances adolescentes de générations différentes, d'époques éloignées se ressemblaient. Il y avait là une nébuleuse du désespoir et d'espérances mêlés où les plus grandes allégresses côtoient des instants ténébreux.

D'obscurs désirs du tout et du rien prenaient le pouvoir sur le simple plaisir d'exister.

## 8

Ce serait une nuit où le temps s'écoule pour rien ni personne. Au bord des neiges, Julia virevoltait parmi ses élans, ses humeurs, elle écrivit :

“ Les jours passent et je suis vivante : mon unique bien qui ne soit pas un leurre. Tout au fond de moi, un vacarme parfois me submerge. Je sombre et je fuis, j'aime l'amour et plus encore mon désir de renaître dans d'autres peaux. Ailleurs, aujourd'hui, dans un temps futur. Muer, grandir... Dans dix ans, je serai une femme qui comprendra ce qui survient dans sa galaxie, qui ne se laissera pas détériorer par des rencontres futiles, les courses aveugles vers des mirages, ces beautés nées de l'imagination et qui ne parviennent pas à s'immiscer dans les corps : caresses vaines, promesses illusoires, saluts éthérés. Je veux me souvenir de moi, enfant, lorsque je pleurai derrière un buisson d'aubépine, de qui je suis à cet instant, une jeune fille de la peste et du vent mauvais. Je porte en moi le sang maudit de ceux qui se brûlent à trop vouloir scruter le monde. J'accepte la souffrance d'aimer comme celle de ne plus aimer. J'accepte d'offrir et de ne rien recevoir, de me projeter vers un avenir qui ne peut m'effrayer, puisque j'aurai en mémoire qui j'étais et pourquoi il en est ainsi d'être vivante et ne pas renier qui on fut. ”

Tard dans la nuit, rompu de fatigue, Léos dormait. Comme une gardienne de phare, Julia veillait à la marée des rêves. Elle se leva pour l'embrasser, lui suggérer un songe, un murmure à l'oreille : “ Je suis celle qu'il ne faut pas attendre mais qui est là. ”

# 9

Ils se trouvèrent, s'oublièrent, se retrouvèrent, ils furent des amants, des aimants, fuyant les abîmes où se perdre. Ils réinventèrent l'alphabet des muets et parlèrent en signes et sémaphores avec leurs hanches et leurs cuisses ondulantes, des bras qui se tordent, des regards qui questionnent. Les ailes d'ange de Julia réapparurent un soir dans le désir de Léos et ils s'amusèrent de ces caresses d'ombres. Ils redevinrent d'autres amoureux, sachant pourtant, l'un et l'autre, que l'essentiel avait changé, que le temps d'avant était un souvenir qu'ils emporteraient dans leur mémoire comme un cadeau de Noël, un paquet en papier rocher abritant de la guimauve et des fruits confits, des dattes et de la réglisse.

Ils firent des efforts pour ne pas mourir sur-le-champ d'un trop-plein d'illusions.

— C'est quoi, vivre ensemble aujourd'hui ? demanda Julia.

— Ne penser à rien, s'enfermer dans nos corps et nous imaginer infinis.

— C'est penser à tout, rectifia-t-elle, sortir de son corps et s'imaginer être des personnes.

Ils s'arrangèrent de tant de questions qu'ils pensèrent même que l'amour pouvait se réduire à n'être qu'un jeu, un paraître où les êtres s'assemblent sans obligation de promesse. Pourtant, ils n'avaient aucune envie de jouer puisqu'ils continuaient à vouloir que se télescopent en eux des sentiments de l'extrême. Mais que fait-on de ses mots, de ses bras, quand on recherche en l'autre une passion exacerbée qui semble déjà rattachée à un temps périmé ?

C'est Julia qui, une fois encore, décida pour deux et demanda à Léos qu'il rentre seul à Paris. Elle resterait quelques jours ici. Elle prit le prétexte de l'écriture qui, à ses dires, lui réussissait dans ces lieux. Recluse, il lui fallait réfléchir encore à la tournure qu'elle voulait voir prendre à sa nouvelle vie C'est elle qui portait la fêlure, elle qui se trouvait au bord de la réserve intouchable des choses, elle qui proposa ce que Léos, la mort dans l'âme, ne put qu'accepter

Ils se quittèrent à une gare routière où Léos monta dans un autobus départemental qui le conduirait vers la vallée. Par la vitre arrière, il vit disparaître celle qu'il n'avait jamais quittée plus de quelques heures depuis tant de semaines qu'ils vivaient collés l'un à l'autre. Il garda l'image d'un capuchon bordé de fourrure dont Julia se recouvrit lorsque la neige se mit à tomber. Il sentit que quelques grammes essentiels de lui restaient ici, le poids impalpable de l'amour que l'on porte à un être sans jamais savoir le pourquoi de cet élan, ni celui du fardeau que l'on emporte à l'intérieur de soi lorsqu'il faut, à regret, se délester de ces grammes-là.

# 10

Leurs corps s'éloignèrent à la vitesse d'un TGV qui absorbait une nuit de France. Ombres, glissement de rails, les gares allumées surgissaient comme des chapelles où vacille la flamme de quelques cierges. A qui confier le souci de sa vie ?

“ S'il faut se quitter un jour, nous aurons les mains qui trembleront et des cicatrices étranges sur le visage. En ce moment, c'est à toi que je pense, à ta beauté, à celle que je vois et à l'autre que tu caches ”, écrivit Léos sur le carnet que lui avait offert Julia et auquel il trouva un titre : *L'Agenda des solitudes.*

A la gare de Lyon, il ne prit pas le chemin du studio de la Bastille et se rendit directement en métro chez sa mère. Il n'avait aucune envie de régner seul sur les affaires et les objets familiers que Julia et lui partageaient. Pendant la durée du trajet, il garda son visage collé à la vitre de la rame. Des visages las l'entouraient, le regard fixé vers nulle part. Etrangement, et sachant pourtant l'impossibilité de ce qu'il souhaitait, il s'attendit à chaque station à voir monter une Julia souriante qui serait venue produire le miracle de lui retirer, par sa seule présence, le poids qu'il portait depuis son départ.

Il descendit à la station Marcadet-Poissonniers, dans le XVIIIe arrondissement, pour rejoindre l'immeuble de brique rouge de la rue Ordener où il avait passé son enfance. Sa mère le serra contre elle sans mot dire. Fils unique, et désormais seul homme de la famille depuis la mort du père, il aima ces retrouvailles avec celle qui, quoi qu'il puisse lui arriver, serait toujours présente avec son parfum d'enfance et ses bras offerts.

Ils dînèrent dans l'appartement-mausolée. Photos du père trônant auprès du lit ou ornant un cadre doré posé sur une commode. “ Je suis devenue une infirme ”, dit la mère. Elle avait allumé deux bougies. Ils burent du vin blanc.

Comme si l'existence lui offrait un retour en arrière, Léos finit par accepter cette douceur à l'écart du temps, le tête-à-tête d'un autre amour.

# 11

Julia passa sa première soirée solitaire en écriture. Elle s'était remise à fumer. Elle sentit qu'elle basculait. Vers quoi ? Les mots la précipitaient vers des contrées inconnues, des étages glacés de son enfance. Des fantômes, la peur, les ténèbres, Julia vibrait à ce qu'elle prit tout d'abord pour des réminiscences, mais elle s'aperçut que c'était bien là son futur qu'elle fixait. Elle eut la vision d'une autoroute qui venait de s'ouvrir devant elle et qu'elle n'osait aborder. La nuit, les phares et un ruban d'asphalte qui emporte. Tout au bout, une mer bleue, une mort noire, un port. Désirs sourds. Elle se sentit fébrile, une maladie de l'espérance la tiraillait, une déchirure qui traverse de part en part. Comme s'il lui fallait choisir : d'un côté, Léos, de l'autre, l'exubérance du monde, elle ne parvenait pas à faire qu'ils coïncident. Pourtant son amoureux était présent, avec son odeur, la sueur d'un T-shirt qu'elle lui avait subtilisé, une photo d'eux prise près du phare à la pointe Saint-Matthieu. C'est à lui qu'elle décida d'envoyer une lettre pour tenter d'expliquer sa quête :

“ Léos, nous sommes éloignés, je pense à ton beau visage qui me regarde de là où tu te trouves, je suis aux prises avec une lame océane qui remonte du plus profond de moi, de toujours, à cet instant je ne sais plus ce qu'est notre planète avec nous à l'intérieur, j'ai envie de villes, de parfums de musc, tracer avec mon corps de longues courbes sur la terre, danser et m'épuiser, partir vers l'aventure de mille vies, qu'il n'y ait pas qu'un unique chemin qui conduirait d'une naissance à la mort, façonner un itinéraire, *mon itinéraire*, à mon image, à ma folie, n'emprunter que des zigzags, des carrefours lumineux, des canaux, arpenter des bitumes aux relents de café et de gingembre, trouver la délirante oasis puis repartir, nostalgique de palmiers et d'encens, je veux tout, pas pour avoir un peu mais pour avoir tout. Notre monde regorge de vitrines fluorescentes, d'étalages mirifiques, de palais, à nous d'y choisir ce qui galvaniserait nos âmes et nos cœurs... Les femmes se battent à nouveau pour ce qui semblait acquis, elles pleurent dans les films, elles pleurent dans la vie... Alors que tout semble se refermer pour revenir parfois vers des décennies en arrière, je te l'affirme Léos, c'est aujourd'hui que l'utopie commence... Les prisons sont les lieux de rêves démesurés.

De là où je suis, je pense à toi.

Julia. "

# 12

A la Maison de la Presse, dans un magazine qu'elle était en train de feuilleter, Julia repéra la photographie de réfugiés africains prise sur un rafiot au large de l'île de Lampedusa. Visages émaciés, la mort dans le regard, serrés comme des objets de commerce, une détresse plaquée sur leurs habits de guenilles. Elle en fut chavirée. Ainsi des hommes dont elle ignorait tout, l'histoire, l'origine, les pensées, parvenaient à la toucher, ici, dans sa solitude blanche. Cette image la relia avec des malheurs si éloignés qu'elle les avaient crus impalpables, avec des mondes dont elle avait peu idée et qui pourtant étaient là, souffrants et perdus, surgissant dans son univers. En l'espace de quelques semaines, Julia venait de s'émouvoir pour ce qui n'était pas elle : un film, une réalité qui, toutes deux, étaient étrangères au microcosme amoureux dont elle s'était sentie l'héroïne.

Lunettes de soleil enveloppantes, un capuchon fourré qui bordait son visage, serrée dans une parka sombre, elle passa anonyme dans les ruelles du village enneigé : l'incognito d'une fille seule qui n'avait nulle envie du regard des garçons sur elle. Chaque jour, elle alla faire ses courses dans une supérette, se rendit aux séances de l'après-midi de l'unique cinéma; elle acheta une carte postale pour ses parents. Elle rapporta ses skis et ses chaussures à la boutique de location.

Face aux montagnes, elle écrivit au long des nuits étoilées. Fumées enivrantes des cigarettes, abîmes aux aguets, elle se concentrait sur ce qui la traversait, le chagrin. Pas même un roman, c'est plutôt le journal sentimental d'une jeune femme qu'elle rédigeait, au fil du temps, à la seule intuition de l'instant. Comme s'il s'agissait de rendez-vous galants avec un stylo et du papier, elle découvrait le plaisir qu'il y a à discourir avec soi-même, l'écriture ajoutant des enluminures à l'imperfection de simples pensées.

Aux alentours de midi, regardant des enfants casqués qui s'exerçaient aux raffinements d'un remonte-pente miniature, Julia buvait un express, sur une chaise longue face aux pistes. Elle en était à des rêveries de peu d'importance lorsqu'une fille de son âge, qui venait de planter ses skis auprès d'elle, glissa et s'étala de tout son long. Sur le dos. “ Merde de merde ! ” ne put-elle retenir.

— Tu t'es fait mal, demanda Julia, impressionnée par la chute.

— Non, je suis juste vexée. Mais on s'en remet, ajouta-t-elle avec un large sourire.

— Je vais t'aider. Je m'appelle Julia.

— Moi, c'est Charlotte.

Murée dans son mutisme depuis le départ de Léos, cela lui fit du bien d'entendre le son de sa propre voix. Charlotte repartait à Marseille le lendemain. Fin de vacances. Elle était vendeuse de disques à la FNAC. Sans doute avaient-elles encore des choses à se dire puisqu'elles se donnèrent rendez-vous pour le soir dans une pizzeria du centreville. Ne voulant pas rater une seule de ses dernières heures de ski, aussitôt un café ingurgité, Charlotte s'éloigna vers les pistes. Elles s'étaient embrassées. Comme des amies.

Restée seule face au soleil, Julia imagina le bleu de la Méditerranée, des cargos, une ville d'ocres et d'ombres qu'elle ne connaissait pas. Tout l'attira là-bas.

# 13

Un vent d'hiver froid et sec s'était levé, Léos promenait sa dégaine dans les rues anémiées de Paris. Petites plaques de givre sur les ponts, des guirlandes restées accrochées aux devantures, la ville entamait une nouvelle année... Après deux nuits passées chez sa mère, revenu vivre au studio de la Bastille, il ne put s'empêcher de porter à ses joues les vêtements de Julia. Effleurer les étoffes, les respirer, les froisser. Vivre au ralenti, une hibernation. Son souffle, son regard, les gestes de ses mains même, tout indiquait l'apnée d'un corps qui ne parvenait pas à effectuer docilement ce que réclame le simple quotidien. Dans la rue, les jeunes couples l'agaçaient, qui se tenaient par le bout des doigts pareils à des danseurs désinvoltes.

Lorsque la lettre de Julia parvint entre ses mains, il fut abasourdi de n'y voir nulle tendresse particulière, nul mot pour le rassurer. A aucun moment elle ne disait *nous*, tout entière à ce qui la submergeait. De quel pan invisible de son histoire venait de poindre ce désir d'exode qui la chavirait, ce goût soudain pour d'autres bruits, d'autres couleurs ? Alors qu'un envoûtement réciproque les avait transportés, de quelle faille, se demanda-t-il hébété, venait de surgir un tel retournement ?

Exténué de questions, Léos s'engouffra dans une brasserie et commanda un café allongé.

# 14

“ Si vous attendez encore un peu, vous ne verrez plus le ciel... ” La petite fille avait hésité sur le mot *ciel*. Elle avait prononcé *fiel*, puis continua en ânonnant : “ ... vous ne pourrez plus voir la mer, ou le vent, ou les plaines... ”

Lassé des nuits de gardiennage hôtelier, Léos avait promis, avant les vacances, de donner des cours de lecture à l’enfant d’un couple arabe qui tenait une épicerie. En fait, il eut mauvaise grâce à se faire payer, tant ces gens respiraient la même précarité que lui.

Il passa une soirée avec Antoine et Romain, les muets, qui tentèrent de le distraire. Ils lui apprirent comment exprimer avec le visage et avec les mains, tu me manques / il fait froid sans toi / j’attends ton retour... Il répéta plusieurs fois sa gestuelle destinée à l’absente. Soudain, Romain s’adressa avec force signes à Antoine qui s’esclaffa. Devant le regard interrogateur de Léos, Romain renouvela ses mimiques, ce qui eut le don d’accroître le rire d’Antoine. Ils firent répéter, sans lui en donner le sens, cette nouvelle gestuelle à Léos, jusqu’à ce qu’il la mémorise. C’est seulement quand il exécuta parfaitement sa phrase qu’ils la lui traduisirent enfin : *traîtresse, reste où tu es, la vie est plus belle sans toi !*

Ils furent heureux de leur facétie, avoir fait dire à Léos ce qu’il ne pensait pas.

# III

# AILLEURS, AUTREMENT

> “ *Ce mal d’un pays sans pays !* ”
>
> Friedrich Nietzsche.

# 1

A Marseille, Julia habita chez Charlotte, à côté de la gare Saint-Charles : un deux-pièces contenant plusieurs centaines de CD, une caverne d'Ali Baba répertoriant la presque totalité des tendances musicales du moment, rap, rhythm and blues, funk cool, acid-rock, chansons, ballades, chœurs soufis, le dernier disque de Youssou N'Dour : *Egypte*.

D'un café près du port, Julia m'appela. Elle se trouvait à une terrasse ensoleillée et venait, me dit-elle, de dessiner de mémoire les contours d'une carte d'Afrique en y plaçant chaque Etat avec sa capitale.

— Comment vous dire, je me sens allégée de tous mes poids, aérienne. Je suis étonnée de ressentir aussi peu d'attaches avec un passé, comme si je renaissais, comme si je m'affranchissais d'un monde périmé avec une identité nouvelle : Julia la dévoyée, Julia la nomade... Je passe mes jours près de la Méditerranée, je songe aux sirènes d'Ulysse, aux voix sourdes surgies des profondeurs de la mer pareilles à celles qui me soufflent de l'intérieur ce que doit être mon existence. Pourtant mon amant est en moi, il m'imbibe de ses songes, de son désir, je n'ai pas renoncé à Léos, je suis avec lui, mais ailleurs, autrement, avec autour de moi comme une auréole protectrice, l'odeur de sa peau, le son de sa voix, ses mimiques de dédain. Je suis amoureuse et étrangement seule, fascinée par des jours sans servitude ni parcours obligé. J'erre dans les rues, sur les quais, je laisse aller mon corps aux inclinations de l'instant, je rêve de destinations poivrées, comme de me rendre sous un arbre à palabres : parler toute une nuit sous des étoiles africaines. Vous voulez savoir ? Je me sens bien.

— Tu n'en fais pas un peu trop, Julia ? On a l'impression que tu étais corsetée, que ta vie était un carcan. Tu étais libre de tout, non ?

— Libre d'aimer qui m'aimait.

— Ça mène à quoi cette fugue ?

— A moi !

Je proposai à Julia de venir la rejoindre si elle le désirait. La retrouver à Marseille pour simplement explorer les secrets d'une jeune fille en proie aux phantasmes de sa liberté. Etre utile ? Je m'en moquais. J'aimais dénouer les écheveaux de l'existence, comprendre ce qui pousse les êtres à se quitter quand tout les réunit. Quelle est cette faille insondable qui conduit à l'éloignement plutôt qu'à l'osmose, à la séparation des corps plutôt qu'à leur étreinte... En sera-t-il toujours ainsi, qu'il faille se dire des mots de rupture alors que tout le corps crie au baiser, au rendez-vous, à l'immédiat ?

## 2

Brouhaha des voitures, la nuit était tombée.

Léos arriva place de la Bastille, en terrasse, et s'assit sans mot dire à mon côté. Des radiateurs à gaz réchauffaient l'endroit. Imprégné d'une inquiétude qui lui donnait presque l'air adulte, il me salua, distant, comme si j'étais un ennemi conspirant contre lui. Agent double, en effet, je ne lui confiai rien de ma conversation avec Julia. Depuis son retour précipité de la neige, il me téléphonait au cœur de chaque nuit. Confidences inquiètes, ressassement, une litanie des souffrances. Je voulus ausculter son visage en détresse et tentai de lui redonner vie. Les minuscules phrases de réconfort, je le savais, ne servent à presque rien, mais à force de paroles, une seule, surgissant d'une jungle de mots, peut consoler. Anéantissement furtif du malheur.

La vie s'effondre, n'est-ce pas Léos, les nuits sont longues et les jours gris, songeai-je en l'observant. Petit homme, tu subis ta première agression de taille et tu la sacralises, tu voudrais qu'elle soit ton ultime épreuve, celle à qui il convient d'apporter la mort en guise de définitive réponse. Tu veux mourir, je le sais, tu veux que disparaisse ta douleur, que s'effondre toute allégeance à la vie. Faiblesse de vocabulaire, inattention aux choses, tes ramifications avec le monde et les êtres sont si ténues que tu ne vois que toi au sein de la profusion qui t'entoure. Pourtant d'autres hommes crient et souffrent, ils disent chacun à leur manière que malgré les offenses, ils veulent vivre encore, se donner la chance de gagner une parcelle de dignité, alors que tout les humilie. C'est cette résistance-là que tu ignores, tu prends pour un meurtre ce qui n'est qu'une dérive existentielle : un besoin d'ailleurs dont tu te crois exclu. Mais les femmes et les hommes ont des aspirations intimes, ils veulent la grâce et l'absolu, ils ne désirent rien de moins que le paradis à domicile, l'absolution de péchés dont ils ne se sentent aucunement coupables. C'est la vie, rien que la vie qui est en cause, la vie et la beauté, la vie et l'exaltation qu'il y a à vouloir traverser son *itinéraire* en seigneur.

— Tu sembles loin, Léos.

— J'aime Julia.

— Ça veut dire quoi, à présent ?

— Elle est partout dans mes pensées, je ne peux me déprendre d'elle.

— Déprends-toi de toi d'abord, de ta vanité, de cette propension à te croire le centre de tout. Lis des romans, ouvre le journal, milite, fais œuvre, offre tes capacités à un bien-être qui ne serait pas le tien.

— J'apprends à lire à une petite fille arabe.

— Si tu parviens à lui faire lire un jour *L'Education sentimentale*, tu seras grandement pardonné !

Je l'avais au moins fait sourire.

Nous avons trinqué, Léos me demanda alors comment j'allais.

## 3

Lorsque je rentrai chez moi, j'eus la malchance de me regarder à la lumière crue d'un miroir et me dévisageai comme un inconnu. Les rides, ces effroyables stries qui avaient pris place sur mon visage, me narguaient, elles disaient nous sommes là à jamais, rien ne te fera nous effacer. Etait-ce une femme qui me parlait ainsi, de son indéracinable présence en ma mémoire tout en réitérant son désamour, ou plutôt un dieu autoritaire qui signifiait sa loi pour m'anéantir et me rendre à merci ? L'histoire d'un visage, c'est quantité de rires et de soucis, de minuscules instants de relâchement, ça raconte les espérances, les dépits, les prix d'excellence, les médailles, les huées, un premier baiser, le dernier, c'est un journal de peau où sont inscrites, indélébiles, les nouvelles de première importance, les brèves, les éditos, ce qui compta, ce qui s'oublia. Il me fallait apprendre la désertion de ma jeunesse, faire deuil de son absence. Contrairement à Léos, le temps ne pouvait jouer en ma faveur, il m'encerclait de ses tentacules inventifs pour me mettre à genoux, que j'apprenne enfin ce que mourir veut dire. Je prétendais distribuer des leçons de savoir-vivre et m'enfermais à l'intérieur de déconvenues dont personne n'annonce jamais l'arrivée. En effet, il suffit de regarder autour de soi les visages condamnés, ces amis que l'on met un dizième de seconde à reconnaître, les présentateurs de télévision dont on voit les mèches fondre jour après jour, leurs poches sous les yeux se noircir au cours des ans. Les désastres s'invitaient, arrogants, toujours à l'improviste, comme si nous n'avions jamais cru qu'ils puissent survenir.

# 4

“ Je suis en train de vivre à distance du garçon que j’aime, tu le crois ça ? dit Julia à Charlotte. J’étais bien avec lui, j’étais tout pour lui, nous étions soudés comme les ailes d’un oiseau, invulnérables... Et je suis là avec toi, loin de ma vie avec lui. ”

Charlotte proposa de partager un joint avec Julia, qui le refusa.

Elles se trouvaient allongées côte à côte et écoutaient une sélection musicale confectionnée par Charlotte. Cordes arabisantes en fond sonore, elles s’avouaient leurs défauts, leurs enthousiasmes, la difficulté qu’il y a à choisir des objectifs et s’y tenir : leur inconstance chronique. Comment les choses s’enflamment et se réduisent en cendres aussitôt parvenues à incandescence.

— Est-ce un défaut de la jeunesse, dit Charlotte, de croire détenir le règne de sa vie pour toujours et de le briser sur le premier écueil qui se présente, changer de cap et partir pour un horizon que l’on imagine succulent ? Nos cerveaux ne sont-ils pas terminés que sans cesse ils fluctuent entre exaltation et abattement, entre toujours et tout de suite ? Pourtant, nous avons le temps devant nous mais, comme s’il y avait urgence, on égrène de nouvelles prières et on lapide ce qu’on vient d’adorer. Je suis comme toi, un jour tout est limpide quand le lendemain tout s’est déjà obscurci. Nous sommes un pays fragile, à raz de marées, à typhons, à tremblements, nous oscillons entre ce qui est bien et ce qui est mal comme des rescapés avides d'une terre promise... Et le premier printemps venu nous emporte...

— Ainsi sommes-nous !

# 5

Charlotte et Julia s'engagèrent – jusqu'au prochain parjure – à avoir le souci d'être fidèles au grand sourire qui ce soir enveloppait le monde.

Charlotte demanda à Julia si elle aimait l'opéra.

— A priori, non. Mais je ne connais pas.

— C'est ça le problème. Sans connaître, on n'aime pas. Je voudrais que tu écoutes, fais cet effort pour moi, je vais te raconter l'histoire, le livret, et tu me diras si cela t'émeut ou pas. La musique est riche et fastueuse, elle a une longue histoire.

Charlotte fit glisser sur la platine le *Rigoletto* de Verdi.

Elles somnolèrent aux airs du duc de Mantoue, de Gilda et de Maddalena. Julia montra peu d'enthousiasme. Charlotte, déçue, lui promit de récidiver.

“ L'opéra s'apprend, dit-elle, comme de vivre, comme d'aimer... Moi, je l'ai appris en allant voir, avec un garçon que j'adorais, *La Traviata, La Flûte enchantée, Don Juan.* Tu verrais comme tout cela est grandiose : des décors, les voix sublimes, la tragédie. Ton corps est tenaillé par une fureur toute de passions et de déchirements... ”

Pour la première fois, elle retira son T-shirt devant Julia.

Un idéogramme, qu'entourait un dahlia rouge, recouvrait le sein gauche de Charlotte.

— Quand t'es-tu fait faire ce tatouage ? demanda Julia étonnée.

— C'est absurde et beau en même temps. Cet idéogramme chinois veut dire *la cérémonie*. Un acte d'amour indélébile pour un garçon que j'ai aimé à la folie, qui ne m'aimait pas, mais tu vois, il tatouait merveilleusement. J'ai cru ainsi lui prouver que j'étais avec lui, en lui, à l'intérieur de sa fièvre d'écrire sur les corps, sa poésie... Il disait, *le monde est rempli de péché, de mal et de démence*. C'est cette vérité qu'il voulait graver, dans le sang, les croûtes, les cicatrices, sur les peaux des hommes et des femmes. Comme une plainte, un chant. Il se faisait appeler Titien.

Cette nuit-là, Julia ne parvint pas à trouver le sommeil. Venant à peine de basculer dans une séquence plus paisible de sa vie, elle se demanda si elle avait eu raison de briser le flamboiement d'un absolu, le cercle idéal d'un amour, un mandala. Lorsqu'on agit, on n'est sûr de rien, se dit-elle, mais on se sent à l'unisson de ce que l'on croit être une perfection pour soi.

Au milieu de l'obscurité, Julia émigra vers le lit de Charlotte, lui demandant l'hospitalité pour une âme tourmentée.

## 6

Sur son chemin du soir, Léos rencontra Antoine et Romain, les muets. Entrés dans une brasserie, ils ne lui enseignèrent aucun mot nouveau, pas même celui de la désespérance, et ils restèrent là tous les trois à se regarder.

Arrivé chez lui, dans la boîte aux lettres, une carte postale de Julia annonçait qu'elle se trouvait à Marseille. L'extrême Sud, pensa Léos, au plus loin de moi ! Elle célèbre ses fiançailles avec la mer, avec la lumière et l'azur alors que je deviens pour elle l'homme d'une grisaille urbaine. Celui qui s'empêtre dans les dédales du métro, qui porte un manteau sombre d'hiver, un homme du Nord et du gel, à l'opposé de ses jours clairs et talentueux.

Léos se trouva confronté à la plus banale des solitudes : contempler chaque nuit un lit vide, des livres communs, les habits d'un quotidien périmé. Avant son départ, Julia avait dit :

— Je veux une place dans le monde.

— C'est quoi cette place ?

— Savoir ce qui est beau pour moi, ressentir, affronter, exécuter des gestes parfaits pour que chaque parcelle de mon corps vibre avec le vent et la pluie, avec les rides des hommes et le fard gracieux des femmes, avec le rire des enfants et les dieux cachés que j'implore. Ma place dans le monde, c'est une harmonie entre l'intérieur et l'extérieur, entre mon apprentissage de la vie et ce que cette vie saura m'offrir. Ce sera savoir accepter qui je suis et ne pas en souffrir, avoir le goût du don sans que jamais l'idée de sacrifice vienne contredire cette disposition.

— Et ma place ?

— Elle est avec moi si tu le désires. C'est cela l'*itinéraire* : parcourir ensemble des chemins différents qui conduisent au même endroit.

— Cela s'appelle aussi l'amour.

— Pour toi, notre amour va de soi. Pour moi, c'est une recherche. L'*itinéraire* est ce travail.

# 7

Julia s'habilla des vêtements de Charlotte, à la manière de Charlotte. Jupes ultracourtes, petits hauts moulants, collants bigarrés qu'elle extirpait au quotidien du tas informe qui s'empilait au milieu d'une des pièces. Comme Charlotte, elle porta des chaînettes de perles autour du cou et enfila à ses doigts quelques-unes de ses bagues d'argent. Aucune envie de séduire, se singulariser suffisait. De plus, être deux pour affronter la curiosité des autres devint un jeu. Extravagances gratuites, elles sortaient le soir dans les rues étroites de la ville. Julia fit connaissance avec des cafés-jazz, des boîtes technos, *Chez Saman & Yanei* pour le raï et le zouk, des lieux enfumés où le regard appuyé des garçons leur donnait le fou rire. Elle apprit à fréquenter le *Métal-Café* et le *Bar de la Marine.*

Tout devenait insignifiant et léger, ce présent sans conséquence les comblait.

Lorsque Charlotte reçut deux places pour une représentation de *La Traviata*, elles décidèrent de se rendre au théâtre. Sous les ors de la salle, Julia fut subjuguée, la musique, les costumes, la mise en scène d'un jeune Tchèque, elle voulut tout savoir de cette Marie Duplessis *la dévoyée*, courtisane que le Tout-Paris du XIX$^{e}$ siècle avait adulée et qui avait inspiré – le programme venait de le lui apprendre – *La Dame aux camélias*, comme l'opéra auquel elle venait d'assister.

Mourir adulée par des hommes remarquables!

— Il me manquait quelqu'un à qui parler le soir et la nuit, et tu es venue, dit Charlotte. Nous formons un *couple dévoyé* et ça ne me déplaît pas. (Elles rirent.) Les garçons en bavent de nous voir toujours ensemble, ils gambergent sur nos nuits...

— S'ils savaient...

— Leurs phantasmes me plaisent, j'ai l'impression d'exister dans leur tête comme une strip-teaseuse aperçue en devanture d'une boîte porno.

— Tu sais ce qui me ferait plaisir?

— Dis-moi.

— Me faire tatouer par Titien. Tu le vois toujours?

— Parfois, par hasard... Mais je peux te conduire dans sa boutique.

— Ton dahlia est magnifique. Je crois que j'aimerais une fleur rouge... Ou alors...

— ... Un idéogramme seul, noir sur la peau, c'est super-élégant! Titien a choisi celui que je porte. Chaque fois que l'on faisait l'amour, il y avait un tel recueillement entre nous qu'il en parlait comme d'une *cérémonie.*

— Moi je voudrais qu'il me grave le mot *aujourd'hui.* En caractères orientaux, bien sûr. *Aujourd'hui* pour toujours... Ça fait mal?

— Ça brûle, mais c'est plus agaçant que douloureux.

— Brûlons aux flammes d'*aujourd'hui!*

Comme si un marché venait de se conclure, elles s'étreignirent. Julia souleva son pull : “ Il sera là, au-dessus du sein, à la base du cou. ”

## 8

Longues plages d'indolence, le temps s'éternisait. Julia se faufila entre les aiguilles des montres, les retarda toutes et s'étira pareille à un chat qui viendrait de trouver une tache de soleil. Elle fit connaissance avec le lent déroulement des heures, s'extasia face aux vagues de la mer, traversa les ruelles ombrées, les avenues claires et klaxonnantes, les quais où claquent les câbles d'acier des filins contre les mâts. Comme face à un incendie sans conséquence, Julia aima la luminosité animale de Marseille, une lumière crue dans laquelle ses yeux plongeaient comme dans un astre rassurant. Elle se sentit remplie de cette vie qui la traversait en comète impériale, sans place aucune pour le regret. Couleurs fauves, parfums amers, elle inaugurait des connexions avec des mondes qu'elle avait jusque-là ignorés et qui tardivement pénétraient ses pores, envahissaient ses cellules, une gamme d'odeurs et de sons qui lui offraient une cacophonie sensorielle dans laquelle elle se trouva étrangement rassérénée.

Charlotte profita de ses jours de congé pour conduire Julia chez son ex-amant tatoueur. La veille, elles avaient pris un bus pour visiter les Calanques. Les rochers, le vent, le bleu de la Méditerranée, tout disait à Julia qu'elle avait raison d'être venue trouver refuge dans cette région du monde. L'écume, la froidure des vagues, elle se trouvait aux abords d'une nature généreuse où ses désenchantements adolescents disparaissaient derrière un chaos maîtrisé.

A l'autre bout de la mer, il y avait l'Afrique : c'est à ce mirage qu'elle ne cessait de songer. Elle murmura Bamako, Djibouti, Yaoundé, et son esprit se transporta vers autant de saveurs safranées qui la firent saliver.

A Cassis, Julia décida d'envoyer une carte postale à ses parents où elle parla pour la première fois de Charlotte, de leur désir assourdissant de vie. A un endroit de sa missive, elle écrivit *renaissance*. Puis, ne voulant pas se trouver vulnérable à divulguer de trop importantes confidences, elle déchira la carte et envoya un SMS lapidaire : *Tout va bien, baisers, Julia.* Ne voulant quémander nul argent à sa famille, elle évoqua cette question avec Charlotte : " Vendeuse, caissière, n'importe quoi, dit Julia, je ne peux pas vivre indéfiniment à tes dépens. "

Elles mangèrent des crustacés dans un petit boui-boui en bord de mer d'où on apercevait la jetée et le phare.

Dans le bus de retour, monta une jeune femme portant un enfant sur un bras et, de l'autre, un cabas plein à ras bord d'objets hétéroclites. Accroché à ses doigts, un bouquet de mimosa. Elles se dirent que là était peut-être son empire. Julia songea à la chance qui la préservait, rien de définitif n'était encore venu trancher sa vie en deux.

Le tatouage prit un peu plus d'une heure à se concrétiser. Julia n'avait pas songé que les aiguilles puissent pénétrer aussi profondément sa chair. *Aujourd'hui* se formait de deux idéogrammes japonais qui se prononçaient *kyo*. Pleins et déliés que Titien calligraphia méticuleusement sur la peau de Julia à l'aide d'une laque noire. " C'est la première fois qu'on me demande ce mot, avait-il dit, et je le trouve magnifique. "

Titien ne se fit pas payer, Charlotte insista, mais il semblait heureux de saisir cette occasion pour compenser une infime partie du chagrin occasionné par la fin brutale de leur histoire.

# 9

Lorsque je débarquai à la gare Saint-Charles après trois heures de TGV, Julia m'attendait sur le quai. Toute fière, elle voulut aussitôt me montrer son tatouage et approfondit l'échancrure de son pull alors que nous traversions le hall. Il y avait encore autour des scarifications, les bourrelets roses d'une cicatrisation en cours. Je trouvai, moi aussi, qu'*aujourd'hui* était une belle idée.

Si Julia ne téléphonait ni à ses parents ni à Léos, en revanche elle n'avait pas hésité à m'appeler à tout moment comme si j'étais devenu un confesseur de cœur, celui qui a autorité, trouve équilibre aux excès et accepte les secrets. De sa jolie voix posée, elle prenait du temps à me lire ses écrits, j'étais, disait-elle, le seul adulte à qui elle puisse se confier, raconter sa dérive, ses éclats, la crise inattendue qui l'étreignait.

Je la tutoyais, elle me vouvoyait, nous aimions ce rapport différencié.

Intercesseur, je lui donnai des nouvelles de son amoureux parisien, lui rendis compte, en partie, de nos multiples rendez-vous, qu'il attendait son retour et surtout, le moment de pouvoir communiquer à nouveau avec elle.

— J'ai besoin de temps, dit-elle. Il faut que je sache ce que je suis venue chercher ici. Léos n'est la cause de rien, c'est chez moi que se trouve la brisure. Hier après-midi je suis allée voir un vieux film en noir et blanc, *Vivre sa vie*, et je me suis aperçue que je n'étais pas la première à vouloir bousculer mes carcans.

— Je l'ai vu. Il y a longtemps...

— C'est l'histoire de Nana, une vendeuse parisienne qui donne son corps mais garde son âme, alors qu'elle traverse, comme des apparences, une série d'aventures qui lui font connaître tous les sentiments humains possibles. C'était beau, émouvant, vrai.

— Tu t'offrirais pour de l'argent ?

— Pourquoi pas ? Les hommes dans les usines donnent bien leur force musculaire contre un salaire, quelle différence ? C'est toujours le corps qui est le lieu de l'échange.

Elle remarqua mon air ahuri.

— Ne faites pas cette tête, pour l'instant, j'ai postulé pour un poste de caissière à la FNAC.

J'avais réservé une chambre dans un hôtel donnant sur le port. C'est là que le soir même je fis la connaissance de Charlotte. Les deux filles habillées mini, au-delà de la beauté, me firent grande impression. Julia avec ses cheveux longs et blonds et Charlotte dotée de sa frange noire à la Louise Brooks formaient un couple de duettistes dignes d'une comédie musicale.

Nous fîmes une entrée remarquée dans le restaurant classieux de l'hôtel où je les avais invitées. Je leur fis découvrir le Meursault, *le bourgogne blanc des princesses* comme le décréta Nabokov dans un de ses romans. Une musique sud-américaine des années cinquante servait de fond sonore pendant que les serveurs stylés semblaient parfois onduler des hanches sur la voix miellée de Nat King Cole.

D'emblée, Charlotte décida de me tutoyer, ce qui ne manqua pas de surprendre Julia. Celle-ci parla des vagues irisées qu'elle allait contempler chaque matin, des odeurs du port, les races mêlées comme un bouquet :

“ Ici, je me sens vivante, il y a, étrangement pour une aussi grande ville, une relation avec des gens chaleureux qui tisse des liens de village dans chaque quartier. ”

Aussi bien Julia que Charlotte voulurent en savoir plus sur mon travail d'écrivain, à quelle heure les choses surviennent, y a-t-il des lieux, des moments privilégiés qui favorisent l'inspiration, écrit-on mieux dans le malheur que dans la quiétude...

— Ce soir, c'est vous que j'ai envie de connaître. Je vous raconterai peut-être une étrange histoire que nous appellerons : *Les Amants.*

— C'est un de vos romans ? demanda Julia.

— Non, une histoire qui est arrivée à deux de mes amis. Ils s'aimaient, puis un jour, ils se sont moins aimés, ou plutôt, ils se sont aimés différemment. Alors, ils ont décidé de s'éloigner puis de *marcher* lentement l'un vers l'autre.

— Tu écris sur quoi en ce moment ? demanda Charlotte.

— Vieillir, qui est un événement aussi surprenant que d'apprendre à vivre.

— Tout le monde vieillit, où est la surprise ?

— Tout le monde, bien sûr. Mais un jour c'est à soi que cela arrive et c'est terrifiant.

— C'est quoi la première phrase de ton roman ?

— *Je suis longtemps resté jeune, ce fut comme une maladie.*

— Les rides te vont bien, dit Charlotte.

— C'est une maladie, la jeunesse ? demanda Julia.

— Nous avions cru arriver à une sorte de perfection poétique et ma génération se décréta jeune à vie. C'est cela, la maladie.

## 10

Nous traversâmes les quais du port en shootant dans des coquillages vides qui ricochèrent sur les dalles de ciment, tout en chantant les grands airs de *Carmen* dont Charlotte connaissait les paroles. Elle décida de nous emmener dans un bar, *La Dernière Goutte*, à côté du théâtre de la Criée, où je commandai d'office du mezcal pour trois. “ La boisson chérie des dieux zapotèques, expliquai-je, et qui rend fou. Ou alors poète. ” J'évoquai Malcolm Lowry, parlai d'Oaxaca, des pyramides de Monte Alban, des corps mexicains allongés dehors au pied des bars, ivres, gisant au milieu des tranches de citron vert.

— Meursault, mezcal... Que de premières fois, ce soir, dit Charlotte en trempant ses lèvres dans l'alcool qu'elle découvrait.

— Jusqu'où peut-on faire confiance à un homme qui fait boire ainsi de frêles jeunes filles ? demanda, faussement inquiète, Julia à Charlotte.

— Jusqu'à ce que les frêles jeunes filles n'aient plus envie d'alcool et s'en remettent à la nuit ! répondit Charlotte enjouée.

Passer une soirée avec deux filles complices de leurs regards, de mots à résonances codées, de connivences débridées, est certes un plaisir mais aussi une épreuve. Elles rient d'un rien, de tout, jouent sur les situations, elles simulent une naïveté qui leur sied bien mais qui agace. Esprits encore teintés d'adolescence enveloppés par des corps de femmes, elles savent l'ambiguïté qu'elles dégagent, en usent et s'en amusent. J'acceptai de fléchir ma tendance naturelle à prendre tout avec gravité et de me laisser porter par la grâce d'un moment. Le mezcal aidant, je finis par participer d'un cœur léger au plaisir qu'elles prenaient à une soirée imprévue.

Elles me racontèrent leur nouvelle vie, leurs soirées à écouter les musiques du monde, les joints de Charlotte, *La Traviata*, le regard des garçons devant ce couple énigmatique qui semblait fermé à toute intrusion. Charlotte évoqua ses amours au point mort, son goût pour l'opéra comme pour l'acid-rock, son appartenance à un groupe de soutien en faveur de marins estoniens restés en rade sur un cargo à la Joliette... Julia parla de l'Afrique où elle rêvait de se rendre, de l'écriture qui lui apportait un équilibre inattendu, comme si elle trouvait là une raison de ne désespérer de rien.

Chacune à sa manière, elles se débattaient avec les petites et les grandes choses, prêtes à affronter ce qui blesse, à se mesurer à des déferlements qui les dépassaient. Vaillantes guerrières, elles faisaient connaissance avec l'étrange force qui les habitait pour ne plus se voir exclues d'une effervescence dont elles s'étaient crues d'impuissantes spectatrices.

# 11

Trois ombres enlacées dans les rues sombres de Marseille, les filles s'étaient accrochées à chacun de mes bras. Je les raccompagnai jusqu'à leur appartement où je refusai de monter. Etreintes appuyées, on s'embrassa, il y eut de la mélancolie à se quitter. Je donnai rendez-vous à Julia pour le lendemain sur un quai de gare et pris un taxi jusqu'à mon hôtel.

Quand dormir est difficile, oublier impossible et que reviennent en tête les mots qu'il aurait fallu prononcer, au cœur de la nuit une frêle sonnerie retentit, mon appel quotidien de Léos. Les scénarios de l'idylle, sans cesse embellis, se murmuraient dans le minuscule micro d'un portable devenu alors l'antenne universelle pour émettre au monde une plainte. Léos égrena la litanie d'un amour revisité. Taisant où je me trouvais, je l'écoutai allongé sur mon lit pendant que défilaient des parois muettes d'images télévisées. Ma manière de recevoir pleinement ce qui m'était dit tout en diluant mon regard sur une fenêtre ouverte sur le rien.

# 12

Tendres soleils, je retrouvai Julia sous la verrière de la gare.

— Figure-toi, dis-je, que j'étais venu à Marseille te raconter quelque chose qui, à cet instant, me semble terriblement vain. Les conseils, les contes, les histoires exemplaires, à quoi bon ?

— Vous avez évoqué hier soir le long trajet parcouru par deux personnes qui s'étaient follement aimées. Etrangement, je songe depuis quelques jours à la lenteur qui nous fait tant défaut, comme si la vitesse était devenue notre maîtresse en tout. Restauration rapide, trajets rapides, amours rapides, catastrophes aussitôt oubliées... Et nous, les amants, qui avancerions aux pas lents de l'amour... J'aime l'idée d'*itinéraire*, ce mot me plaît. J'aimerais rejoindre Léos non pas dans une gare ou un aéroport, mais au bord d'un fleuve, au col d'une montagne, une falaise, un endroit où règne un espace avec des étoiles, de l'eau, et nous seuls pour nous regarder, exténués du long chemin parcouru à s'être retrouvés.

— Ce soir, je vais rencontrer Léos, dis-je. Il est sans importance qu'il sache que je suis venu à Marseille, il poserait des questions inutiles, comment tu étais habillée, ton parfum, ton humeur du jour... Quant à moi, je suis rassuré de t'avoir vue insatiable des délices et malices dont regorge l'existence.

Je pris Julia dans mes bras, l'étreignis longuement avant de l'embrasser. “ Ne te trompe pas de vie, petite fille ”, lui dis-je avant de monter dans mon wagon.

Je gardai l'empreinte discrète de son étreinte pour l'offrir le soir même à Léos.

## 13

Les muets venaient de descendre à la station Odéon. Ils *parlèrent* abondamment de leur patron épicier qui venait de s'acoquiner avec une fille de l'Est. Une prostituée, dit Romain dans leur langage de doigts et de mains. Pute, précisa Antoine qui aimait les nuances.

Une fois par semaine ils aimaient se rendre dans un musée de la ville pour profiter de ce que leurs yeux pouvaient recevoir de beauté et de miraculeux attrait pour des formes, des couleurs, la sculpture des corps. Cet après-midi-là, Léos les rejoignit au palais du Luxembourg pour visiter ensemble une exposition Véronèse. Après avoir nonchalamment déambulé de pièce en pièce, regardé une Lucrèce, un Cupidon aux deux chiens, ils tombèrent en arrêt devant *L'Enlèvement d'Europe*. C'est Julia, blonde comme elle, se dit aussitôt Léos. Les muets ne s'y trompèrent pas non plus et lui communiquèrent par signes qu'il s'agissait bien là de Julia, cette femme penchée, la bouche entrouverte, le regard fébrile, un collier serré à son cou et le sein droit découvert. Une Julia souffrante, inquiète . l'absente, pensa Léos. Même les seins des deux femmes se ressemblaient par la forme généreuse, le téton mince et l'aréole orangée. Pouvoir regarder ainsi en public une Julia dénudée le troubla. Zeus transformé en taureau, lèche les pieds d'Europe qu'il va pourtant kidnapper. Comme si dans sa propre vie le soudain départ de Julia ressemblait lui aussi à un enlèvement, Léos se demanda quel dieu déguisé lui avait volé celle qu'il aimait. En est-il ainsi des histoires, que survient fatalement le jour où un rapt devient possible, qu'un ravisseur invisible emmène sous d'autres cieux celle qui ne demandait rien, et même, se plaisait à évoquer à tout moment ses raisons et déraisons d'aimer ? La vision de ce tableau provoqua chez lui un crève-cœur inattendu et il laissa là ses amis pour aussitôt quitter le musée.

Une bruine diffuse lui trempa le visage et il s'enfonça dans les allées désertes du jardin du Luxembourg. Il se réconforta auprès des troncs d'arbres dénudés, caressa les écorces, murmura des mots à ces masses glabres que l'hiver avait noircies, mots prononcés comme un dernier recours, dans l'urgence d'une bouffée sentimentale qui venait de le submerger.

## 14

Le soir même, j'étreignis longuement Léos au *Café Bastille* où nous avions rendez-vous, et je songeai à la mémoire de l'eau, à la mémoire des corps qui conservent la trace infinitésimale de ceux qui les ont un jour traversés. L'empreinte de Julia... Peut-être avais-je, de plus, gardé sur mon manteau un de ses cheveux, une fine gouttelette de son parfum de gardénia, des fibres de sa veste en laine... Qui saura à quelles distances insignifiantes nous nous trouvons parfois rapprochés de ceux que l'on aime !

Léos, qui ne pouvait rien deviner de l'imperceptible secret, me commenta le tableau de Véronèse, l'accablement ressenti lorsqu'il avait reconnu Julia sous les traits d'Europe. « A présent, Julia se trouve partout : dans les musées, dans tes pensées, dis-je. Elle obsède tes allées et venues en ville, elle accourt dans tes rêves quand tu voudrais l'oublier. Le chagrin amoureux est l'une des plus éprouvantes blessures que nous ayons à combattre car il doit être vaincu seul, et surtout dans le plus grand des silences. Aucune complainte admise, rien de sanguinolent à exhiber, nul certificat de décès à produire, aucune ONG présente, c'est un malheur invisible pour tous. Il existe si peu qu'il suffit d'évoquer par mégarde de quel mal provient notre souffrance pour n'obtenir en retour qu'une petite tape complaisante sur l'épaule : au revoir et bonsoir, à la prochaine. »

Nous allâmes dîner au *Café de l'Industrie* tout proche, un endroit où les filles sont plutôt jolies, ce qui ne pouvait que distraire Léos de son obsédante fixation. Le regardant manger avec parcimonie ses raviolis à la ricotta, je me demandai pourquoi ces deux-là me préoccupaient. Je ne poursuivais aucun but mais étais perturbé par ce qui leur arrivait, comme si je me voyais revivre des égarements anciens, comment j'avais voulu mourir pour une histoire avortée qui, quelques années plus tard, m'était apparue dérisoire au regard de ce que j'attendais d'une femme. Parfois ébloui par un intellect d'exception, un éclat de beauté, un art de vivre au quotidien, je m'étais laissé envoûter au point de croire être arrivé à destination, avoir rejoint celle avec qui aucune question superflue n'aurait plus à être posée.

En y regardant bien, plus que la souffrance de Léos, c'est la fêlure de Julia qui m'intéressait, sa froide détermination, de quoi était capable une fille d'aujourd'hui qui soudain délaisse l'objet de toutes ses attentions pour ne plus s'intéresser qu'à une volonté sourde de construire autrement sa vie. Elle avait déserté une existence amoureuse qui jusque-là l'avait exaltée, et sans doute rassurée, pour aller promener son corps aux confins de la normalité. C'est cette force qui m'épatait et m'avait troublé : ce pouvoir des femmes, mêmes jeunes, à interrompre une trajectoire élégante pour aller visiter, non pas un amant de passage, mais un autre spectacle du monde.

## 15

Julia attendit que Charlotte se soit départie de ses vêtements de jour, ait enfilé sa robe indienne puis allumé une cigarette, pour oser lui raconter ce qu'elle portait en elle depuis l'après-midi. Allongées côte à côte sur le lit, les yeux perdus au plafond, elles semblaient ailleurs, Charlotte fumait :

— Toi, tu as quelque chose à me dire, dit-elle soudain sans se tourner. Je l'ai su à tes silences, au mystère dont tu enrobais tes gestes de la soirée...

— Alors voilà, dit Julia. Cet après-midi, en revenant de la gare, j'ai rencontré un homme d'une quarantaine d'années, rue du Théâtre, tu sais un peu plus haut que le marché aux fleurs. Sans que je lui aie fait le moindre sourire, ni même avoir eu l'air de l'envisager, il m'a proposé de l'argent pour monter chez lui. Il m'a accosté tout à fait naturellement, comme s'il me demandait où se trouvait le kiosque à journaux le plus proche. L'homme a exhibé un billet de cent euros qu'il a fait bruire en le froissant du bout des doigts comme un appât. J'ai d'abord ri, puis par curiosité, je me suis dit : allons voir comment ces choses-là se passent. Va-t-il se déshabiller en arrivant, se jeter sur moi, ou m'offrir élégamment un verre ? Rien de tout cela. Il avait un scénario tout prêt. " Ça te prendra dix minutes de ton temps, a-t-il commencé, j'ai peur du sida, j'ai horreur des préservatifs et j'adore me masturber. Là, maintenant, j'ai envie de jouir en regardant le corps d'une jeune fille comme toi. Tu retires ta robe, ton collant, tu gardes ton soutien-gorge et ta culotte, tu passes la main à l'intérieur, tu te caresses ou tu fais semblant, tu t'allonges sur ce divan et surtout, tu fermes les yeux ! » Frappée de stupeur par ce qui était en train de se produire, je n'ai rien dit. Etrangement, je me suis déshabillée, j'obéissais. Pendant cette cérémonie préparatoire, il a sorti son sexe, a commencé à se masturber, j'avais l'impression de vivre la fin d'un rêve, juste au moment où on va se réveiller. Je me suis étendue et il s'est agenouillé à côté de moi. J'ai baissé les paupières, puis j'ai entendu le va-et-vient de sa main, un petit bruit de mouillé qui ressemblait au ruissellement d'une rivière. Je ne saurais te dire combien de temps tout cela a duré, il a joui très vite, je l'ai su à son souffle qui s'est accéléré, puis apaisé. J'ai rouvert les yeux puis ai remis mes vêtements comme si de rien n'était, comme si je venais de subir un examen des bronches. Il m'a donné mon argent sans rechigner puis m'a demandé de l'embrasser, ce que j'ai fait. Sur chaque joue a-t-il précisé. Il m'a donné sa carte avec son téléphone, j'ai su qu'il se prénommait Adrien, qu'il était agent immobilier à Aix, j'ai souri et je suis sortie. Une fois dans la rue j'ai respiré, j'ai eu l'impression de revivre comme après une apnée prolongée dans un monde qui n'était pas le mien. Pourtant, c'est bien de là que je revenais, je le savais et en étais sidérée. Voilà pourquoi je t'invite ce soir à dîner pour fêter mon premier mec payant.

— Je n'ai jamais fait ça de ma vie, dit Charlotte éberluée. Qu'est-ce qui t'a pris ?

— Rien ne m'a pris, je me suis laissé bercer par un événement. L'homme n'était pas farouche, pas arrogant, juste un type qui proposait un marché et qui n'avait pas l'air d'un bandit. Où est le problème ?

— Tu es une petite pute et tu sembles t'en foutre. Léos est où dans tout ça ?

— Il est là où j'ai envie qu'il soit, il n'est égratigné par rien. Il est mon amour éloigné et pendant ce temps-là, moi je vis.

— De toute façon, il n'y a rien à manger ici, on va sortir, mais excuse-moi d'être étonnée.

— Ta société te paye, le type m'a payé, on accomplit toutes les deux un travail demandé... Je n'ai même pas vendu mon corps, seulement ma présence, comme une vendeuse de disques indiquant à un client dans quel rayon se trouve le dernier Radiohead.

Charlotte ne répondit rien, termina sa cigarette et se rhabilla.

Elles filèrent dans les ruelles pour se rendre dans un restaurant de poisson où, à leur étonnement, elles trouvèrent sur la carte du Meursault. Cette fois elles se détendirent et rirent. Lorsque la bouteille leur arriva dans un seau à glace, qu'elle fut débouchée et goûtée, elles trinquèrent à l'amour, aux masturbateurs aimables.

— Avec quoi tu aimerais être enterrée ? demanda Charlotte. Je veux dire, quel est l'objet cher que tu ne voudrais pas quitter ?

Julia la regarda d'une manière inexpressive. Charlotte poursuivit :

— Un de mes copains guitariste a fait un testament précisant qu'il voulait garder dans la tombe sa *Rickenbaker* bleu nuit.

— J'emporterais mon parfum de gardénia.

Elles se regardèrent et se prirent la main.

— On est bien ensemble, non ? dit Julia.

— Tu as encaissé en un quart d'heure ce que je mets plus d'une journée à gagner. La vie est remplie d'étrangetés.

# 16

Tard dans la nuit de ce jour-là, Julia écrivit :

“ Retrouvons-nous, Léos, n’importe où sur la terre, à l’endroit où nous aurons décidé de nous aimer. Je veux revoir les brumes de nos adolescences et, à tes côtés, traverser les mirages de la vie. Je te choierai comme un enfant rebelle, je t’envelopperai de mes bras d’Indienne, nouant autour de toi des oriflammes, mes émois tressés vers le ciel. Là, nous saurons repérer la mousse des clairières, les bosquets ardents, les saules impassibles. Nos mesquines arrogances... Nus, nous roulerons sur l’herbe mauve des vallons, dans la rocaille du lit asséché des torrents. Que de jours à se dire que la joie de nos pupilles a pris l’éclat des Florides ! Qu’arrivera-t-il ? Que n’arrivera-t-il pas ? Nous nous retournerons souvent pour ne rien oublier des orages. Tu danseras mon amour, tu chanteras mon amour, et un paon de jardin nous fixera de ses plumes ocelées. Nous écorcherons nos chairs aux aubépines, aux écorces des chênes-lièges, à la brûlure de la neige nous consumerons nos âmes fourbues, pour les voir renaissantes. Rencontrons-nous, Léos, n’importe où dans le monde, à l’endroit même des chimères et des aubes jolies pour retrouver notre amour égaré. ”

De trop d’émotions traversées, Julia se trouva anéantie. Qui entendrait jamais sa lettre à Léos ?

Restent muets tant de poèmes et de complaintes surgis du plus profond de soi, élégies romantiques qu'aucune oreille disposée n'est là pour écouter, qu'aucune main ne cachette pour une expédition vers son destinataire...

Revisitant le désordre de sa journée, elle évoqua les mains moites de l'homme de l'après-midi, comme le visage ciselé de Léos.

## 17

Perdu dans une nuit métallique de Paris, Léos parla avec des mots ordinaires, ceux qui invitent à remplacer dans l'urgence ce qui a fui. Arrivés à l'angle de la rue de la Roquette et de la rue Saint-Sabin, je ne pus me résoudre à le quitter. " Un premier amour est forcément un dernier amour, lui dis-je en marchant. Désespérant, n'est-ce pas ? Dis-toi bien qu'il n'en sera plus jamais ainsi de l'ardeur d'aimer, de la foi en l'exception. "

Je voulais qu'il préserve, un temps encore, son extase pour le seul être du monde qui lui ait ravi toute réflexion. Qu'il s'oppose de toutes ses forces à ce que je savais être l'impermanence des choses. " Les êtres que nous aimons sont des fantômes, continuai-je, ils sont nos rêves de la nuit, alors que tous nos rêves de jour argumentent pour nous les faire oublier. "

Nous terminâmes notre randonnée nocturne dans un bar mexicain du quartier et, installés dans de profonds fauteuils de cuir éraflé, je lui fis découvrir à son tour le mezcal. Boisson des dieux zapotèques etc... A deux soirs d'intervalle, je me voyais pourvoyeur d'alcool exotique pour jeunes gens en déshérence... Au deuxième verre, yeux fermés, Léos me débita un poème qu'il se promettait d'envoyer à Julia une fois l'autorisation acquise de communiquer avec elle :

*“ Crève-moi les yeux et je pourrai te voir encore,*
*Crève-moi le tympan et je pourrai t’entendre encore.*
*Sans pieds, je puis aller vers toi.*
*Arrache-moi les bras, je peux t’étreindre*
*Et si tu mets le feu à mon cerveau,*
*Alors, dans mon sang, je te porterai. ”*

Léos garda le regard clos, comme si la lumière acide des néons allait disperser sa prière adressée à une divinité en cavale. “ C’est de Rilke, avoua-t-il, un recueil que j’ai acheté chez un bouquiniste cet après-midi. ”

La poésie, l’amour sont alliés, pensai-je, les adolescents osent se parer de mots qui ne sont pas les leurs pour exprimer ce qu’ils ne sauraient dire, et ils acceptent le paravent du poète pour oser dévoiler ce qu’ils ne conçoivent qu’en rêve, quand leurs paroles sont libres et qu’ils s’abandonnent.

## 18

J'aimais ces dérives noctambules où s'abrègent les certitudes et que renaissent des songes inachevés. A regret, je laissai Léos s'éloigner et m'offris un détour par le *Bar sans nom,* façade rouge vermillon. Dans les vapeurs alcoolisées de l'endroit, je pris plaisir à regarder les derniers soubresauts du soir, les faces inquiètes à l'heure fatidique de se quitter, à entendre ce flot de mots murmurés qui amadouent plus qu'ils n'avouent.

Ultimes parades, les visages se rapprochent, un début, la route qui mène à quelqu'un.

Comme Julia, j'aimais ce mot d'*itinéraire.* Que recelait-il d'extases, d'embûches et même d'espérances ! Moi aussi je crus qu'un lendemain serait meilleur, que l'apesanteur me gagnerait afin que s'allège le souci de vivre. Certaines musiques écoutées convoquaient un visage de femme avec qui j'avais partagé quelques nuits, et qui s'était enfuie dans une semblable nuit. Les gens apparaissent puis disparaissent, ils exécutent danses et rites de séduction avant de s'emparer d'une boussole différente où le sud n'est plus le sud, le nord, un autre nord. Ils s'en vont rejoindre des glaciers du quaternaire, d'ères si anciennes qu'aucun être vivant ne prit le temps d'y créer la moindre trace. Ce sont des forêts, des déserts qu'ils retrouvent, vierges de sentiments et de mémoire, ces lieux où les âmes se perdent pour revivifier une vie en la faisant repartir de rien.

Les gens disparaissent en emportant les mots de nos rêves, eux à qui on les avait offerts pour toujours.

# 19

L'entretien d'embauche FNAC dura à peine quinze minutes. Julia, revêtue d'une chasuble ocre, fut alors assignée à une caisse du magasin où elle dut rester en stage d'observation tout l'après-midi, à mémoriser les gestes exécutés par une vendeuse, le fonctionnement de la lecture laser des codes-barres, les habitudes maison : cartes d'abonnement, préparation de sacs plastique afin que chaque client emballe ses achats, CD, DVD, livres...

Le lendemain, elle devait prendre ses fonctions et se rendit au magasin avec son amie.

— Un point commun supplémentaire entre nous, dit Charlotte : on part en même temps, on rentrera ensemble...

— Un petit couple, en somme, ricana Julia.

Toute la journée, Julia se demanda ce qu'elle faisait là, à dire bonjour, au revoir, être aimable, sourire à des gens qu'elle ne connaissait pas. Elle songea à Adrien qui lui avait coûté quelques minutes de sa vie et fait gagner une journée de son futur salaire. L'existence est trop courte, se dit-elle, je suis au bord de la Méditerranée pour m'agrandir, non pour m'asphyxier.

Afin de ne pas causer de tort à Charlotte, elle lutta contre son envie irrépressible de tout abandonner en cours de route et de planter là sa caisse enregistreuse. Elle termina vaille que vaille sa journée et donna sa démission.

Charlotte, déçue et vexée, le lui fit sentir, lui dit qu'elle était prétentieuse et que, par ailleurs, ce n'était là qu'un travail intermédiaire pour résoudre des problèmes de première nécessité. Rien de plus :

— Tu n'acceptes même pas de te plier à la rigueur d'horaires, je me demande ce que tu vas devenir... Pute ?

— Je te croyais plus rebelle que ça.

— Je suis réaliste.

— Moi pas... Et la pute t'emmerde !

Soirée grimace. Soirée silence, les deux filles se boudèrent. C'est vers minuit, pour rétablir la paix, que Julia proposa à Charlotte d'aller où elle voulait, en boîte, dans un bar, dehors mais pas ici à se terrer.

— Un thé à la menthe, ça te dirait ? proposa Charlotte.

Elles se rendirent chez un de ses amis marocain qui tenait un restaurant où on servait encore à cette heure tardive.

— Kamel est homo, dit Charlotte, débrouillard et malin, il essaye en ce moment de monter un magazine TV pour les Arabes de Marseille, qu'ils trouvent enfin imprimés les programmes détaillés de toutes les chaînes du Maghreb qu'ils reçoivent par satellite sans savoir à l'avance ce qu'ils vont pouvoir y regarder.

— On appellera le journal *Parabole*, dit Kamel, j'ai déposé le titre.

— Raconte ton mariage à Julia.

— Vous êtes marié ? fit-elle étonnée.

— Si on veut ! Mais je ne veux pas vous importuner avec une histoire trop personnelle.

— J'aime apprendre et je suis curieuse...

Il respira longuement comme s'il s'agissait d'une épreuve.

— Mon homosexualité fut la honte de mes frères, de mon père, de toute la famille, tant et si bien que ma mère a tenu à ce que je me marie coûte que coûte : que se trouve ainsi maquillée la " funeste nouvelle ". Il y eut alors une très belle cérémonie avec bijoux rutilants et robes de soie brodées et, le soir de la nuit de noces, je me suis retrouvé dans la chambre nuptiale avec ma jeune épouse à laquelle j'ai bien dû avouer que je n'éprouvais aucun désir pour les femmes. Ni pour elle ni pour aucune autre. A genoux, je lui demandai pardon, elle éclata en sanglots, pendant que nos deux familles sur le palier attendaient, comme c'est la coutume, le drap de virginité de la mariée. Alors, en pleurant tous les deux, on s'est entaillé les poignets et on a fait couler nos sangs mêlés sur le drap conjugal. On a ouvert la porte pour l'offrir à nos parents, qu'ils montrent l'objet de l'honneur, taché, à tous les invités... Il y eut des youyous d'allégresse, pendant que ma femme et moi étions dans la plus grande des détresses.

Après un temps, il se mit à rire et servit trois thés à la menthe.

## 20

Une mer bleue, évidemment... Julia, comme chaque matin, s'était rendue à pied vers une plage du sud de la ville pour se perdre dans des vagues au ressac effréné. Elle se sentit prête à appeler Léos et lui dire, la guerre est finie, appelle, dispose de mon numéro, raconte, hurle, dis-moi ta terreur, ton cœur, dévoile ta rage, la douleur en toi. Pourtant, elle se sentait desséchée, en mal de salive, une aphasie due à l'espace qui séparait leurs îlots excentrés qu'un long silence avait gelé.

Un moment, elle resta assise sur un banc de pierre, le regard perdu au-delà de la mer, vers l'Afrique, le continent de son imaginaire où, si elle en avait le courage, à l'instant, elle irait se dissoudre. Se perdre, ne plus exister avec un passé, une généalogie, mais où renaître avant de respirer d'autres épices, d'autres sueurs, des scintillements de peaux qui anoblissent le sentiment d'exister. Pourquoi ce continent désespéré l'attirait-elle à ce point ? Elle n'avait aucune réponse et phantasmait sur une terre colorée, en révolte, qui pouvait être le lieu d'un exil poétique, un désert rimbaldien, où tout pourrait s'oublier, les voyelles, la jeunesse... L'oubli, la grande question, se retrouver hors de sa peau et de tout ce qui avait constitué une manière d'être et de croire. Comme d'espérer. Abandonner son ombre sur une terre d'Europe puis resplendir sous des palétuviers géants, happée par des jungles moites. Julia se sentit étranglée par deux aspirations opposées : revenir en arrière et parfaire ce qui fut commencé, ou achever de défaire le lien qui l'avait façonnée, s'enfuir plus loin, au-delà des raisons.

Intimidée par le continent d'eau qui la séparait d'un désir insensé, elle respira longuement, perdit son regard vers l'horizon, compta les secondes qui séparaient un flux d'un reflux, fixa un nuage qui se déchirait dans le ciel, imagina le visage de Léos penché sur elle, vérifia le laçage de ses baskets, observa un homme qui longeait la plage suivi d'un chien, fou de vagues iodées...

Julia sut qu'il lui fallait à l'instant choisir sa vie et n'en avoir pas le regret.

Elle songea alors à la lenteur minérale des déserts, au prix que payent ses hommes de sable, en fatigue, en privations, pour rejoindre l'oasis, le lieu béni des amours et de l'eau... Retrouver Léos ainsi : qu'ils marchent l'un vers l'autre à l'allure des caravaniers sur les routes bédouines de France, qu'ils s'approchent à la langueur de leurs imaginaires comme de leur faim, qu'ils se remplissent à nouveau l'un de l'autre avant de se croiser et de s'embraser. Ou de s'éteindre pour toujours. Faire le long chemin qui sépare un rêve d'une réalité et se donner ainsi le temps de parachever *l'œuvre* de se revoir : s'offrir le luxe et l'élégance d'un espace à traverser, l'esthétique d'un retour.

Elle sortit son portable et appuya sur la touche en mémoire du numéro de Léos.

# IV

# CÉRÉMONIE D'UN RETOUR

*“Agenouillons-nous face à face... ”*
NAZIM HIKMET.

## 1

Le ciel sur Paris, blafard comme en hiver, une journée courte et sombre, une pénitence. Léos se trouvait sur un banc d'une faculté des sciences, à dessiner sur une feuille des formes d'amibes sauvages, des molécules chiffrées, à écouter un cours de biologie. “ Le gène P53 résiste au cancer / L'accumulation des peurs face à de nombreux domaines de recherche laisse présager une culture humaine sans défis / Nous sommes la première espèce capable d'une rébellion déclarée contre un génome égoïste, entièrement programmé pour sa seule perpétuation... ”

Léos percevait les bribes d'un discours d'amphithéâtre, son esprit était absent : comment s'intéresser à la survie de l'espèce quand il ne savait même pas s'il allait pouvoir survivre à ce soir, à cette nuit, à demain ? Léos en était là d'un désarroi chronique lorsque son portable sonna à l'intérieur de son duffle-coat... Surpris, il fouilla à toute vitesse dans ses poches. Un prénom s'affichait : Julia. Il bredouilla, “ une seconde, je sors ”, prit ses affaires en vrac.

A l'extérieur de l'amphithéâtre, il eut cette simple phrase : tu m'as manqué. Il s'en voulut de trop de simplification, il aurait fallu dire : je meurs sans toi, je crève, je ne respire pas...

— Où es-tu ?

— Toujours à Marseille. Je veux revenir, Léos. A ma vitesse, à ta vitesse. Que nous avancions l'un vers l'autre au rythme de nos pas, que nos retrouvailles soient précédées d'une longue marche, avec des ciels changeants, un fleuve à fréquenter, des rives chatoyantes, des autoroutes, des nationales, du vent qui siffle aux oreilles et des étoiles pour nous guider. Qu'il y ait des chemins à arpenter, à notre souffle, à notre haleine... Je t'ai écrit de longues lettres inexpédiées, j'aimerais que les mots que je t'ai formulés se transforment en étapes, en haltes, en attente. Qu'il y ait de l'anxiété en nous, mais qui ne soit plus vaine, un désir lancinant de se rencontrer comme des nomades qui auront fait connaissance avec l'asphalte, la glaise, le goudron, ne pas se contenter des lignes faciles, aériennes ou celles du chemin de fer, que nos itinéraires nous conduisent l'un vers l'autre, du nord vers le sud et du sud vers le nord, deux axes que nous réduirons à un unique désir : celui de nous retrouver, de nous serrer, de nous sauver. Ou alors, si un seul le souhaite : sans un mot, nous croiser et nous éloigner à jamais. Nous aurons quelques jours pour réaliser cet accomplissement de nos fiançailles, une beauté à nous pour une dangereuse rencontre... Mets-toi en route dès maintenant, je pars sur-le-champ...

Léos et Julia avaient rendez-vous en un lieu incertain, quelque part sur la terre, là où aucun de leurs mots ne fut jamais prononcé, à égale distance du ciel et d'un désir.

Léos dégringola les escaliers de la fac, prit un métro qui le ramena au studio de la Bastille. Là, il fit en toute hâte un sac de première nécessité, il ausculta alors son visage dans le miroir de la salle de bains et se dit que dans un avenir proche, sur une bretelle d'autoroute, dans la rue principale d'un village de France, ces yeux qu'il fixait à l'instant, allaient croiser à nouveau la fille de ses insomnies.

## 2

Rentrée à grandes enjambées chez Charlotte, Julia opéra, dans le même temps que Léos, des gestes identiques et précipités : une brosse à dents, des culottes, son papier A4, ses cahiers... Elle posa en vrac sur une table les colliers de nacre et les bagues de son amie. Elle écrivit un billet d'adieu :

« Nous nous reverrons, je pars rejoindre celui qui m'attend, pour voir, pour savoir, être certaine de ce que je suis et de ce que je désire. Des marins se payent les grands océans, les Rugissants, moi je m'offre des marées de terre, la rudesse des courants bitumés, un cap d'Espérance pour que mon regard apparaisse dans celui d'un amoureux. Merci pour toi, pour tout. Je t'aime. Julia. »

Chaque long voyage commence par un premier pas, se dit-elle, à l'instant où elle entendit claquer la porte.

Où dormir ce soir ? Elle ne se posa pas la question. A l'heure où les filles de son âge fréquentaient les boîtes échangistes avec des amants de trente ans plus vieux qu'elles, Julia entreprenait le lent retour d'un amour, le parcours qui allait donner réponse à la justesse de sa quête. *Mets la foi dans ta vie*, disait une chanson qu'elle se mit à fredonner. Je suis un îlot conformiste, se dit-elle en souriant, alors qu'elle remontait le cours Odessa, son sac à l'épaule, moi je pars retrouver un garçon de mon âge, mon amant de cœur, sur une carte géographique inconnue. Je vais surveiller les bosquets, les stations-service, les vicinales, les lisières de forêts, les relais d'autoroute, les péages, chaque quai de fleuve... Notre boussole GPS sera notre cœur battant au même son. Au même flux.

# 3

Après avoir remonté les marches d'un terminus de métro, Léos se retrouva au départ de l'autoroute du soleil, l'A6, à la porte d'Orléans, sous les panneaux indigo qui indiquaient les villes du Sud. Il n'eut peur de rien, ni du gel, ni de la nuit : l'attraction qu'exerçait Julia devenant l'aimant puissant qui efface toute appréhension. Il ne prit pas la peine d'avaler un ultime express dans une brasserie des boulevards extérieurs tant il voulait partir sur-le-champ, avancer vers elle, sentir au plus tôt son corps se ployer, savourer chacun de ses muscles, sa bouche enfin. “ Uniquement la marche et l'auto-stop, avait-elle ajouté au protocole des retrouvailles, afin que s'installe en nous l'idée exaltante du plus lent des retours. ”

Qui pourrait remarquer que je suis déglingué de partout, songea Léos en levant le pouce. Soudain, une question l'obséda : vais-je reconnaître Julia ? L'espace qui s'instaure entre les gens est une telle somme de territoires où il a fallu se confronter à d'autres êtres, regarder seul des films, lire la nuit des livres inédits, qu'il façonne autrement les visages, altère le regard et gomme les joues de l'insouciance. Et si Julia était devenue une autre, qu'aurai-je à étreindre qui fût encore elle ?

Une heure passa, une voiture ralentit, il courut.

— Vous allez où ? demanda le conducteur.

— Le sud.

Le voyage des amants venait de commencer. Il conduirait Léos vers un lieu mystérieux dont il ne savait ni la latitude ni la longitude, un non-lieu du monde où pourtant il avait rendez-vous.

# 4

A l'Estaque, Julia porta une dernière fois son regard vers la Méditerranée, avant qu'une Mini gris métallisé l'emmène vers le périmètre de l'aéroport près de l'étang de Berre, à une encablure de l'autoroute. De là, elle prit un autobus qui la fit descendre à la bretelle conduisant à l'A6.

Parvenus chacun à une extrémité du même ruban d'asphalte, ils s'envisagèrent d'une identique manière. Huit cents kilomètres les séparaient : une heure d'avion, trois heures de TGV, huit heures de voiture. Auto-stop et marche à pied : sept jours. Chacun d'eux allait effectuer sa part de route et en trois ou quatre jours ils seraient en vue l'un de l'autre. Léos situait la rencontre au nord de Lyon, en pleine Bourgogne. Chalon ? Macon ? Beaune ? S'il se trouvait être plus rapide que Julia, ce serait plus au sud, aux alentours de Lyon, une ville dont il ignorait tout. Sans rien savoir de Jean Moulin, des soyeux comme des traboules, intuitivement, c'est de cette ville qu'il eut envie.

Julia, elle, n'établissait aucun plan de rencontre, son seul souci étant de tempérer l'état vertigineux de ses sentiments.

Ce premier soir, sur sa gauche, Julia vit mourir le soleil.

Ce premier soir, sur sa droite, Léos vit sombrer le soleil.

# 5

Elle dormit au Beaucet, un minuscule village aux abords de Carpentras où elle fut conduite par une jeune Algérienne volubile. Elles avaient quitté l'autoroute à la sortie sud d'Avignon, pour circuler sur des petites nationales sans envergure jusqu'à une vicinale qui serpentait entre des vignobles. C'est en tout cas ce que lui conta Leila puisqu'il faisait nuit à leur arrivée. “ Au printemps, il y a des champs de tulipes, d'œillets et de roses. Des cerisiers en fleurs. Les abeilles vrombissent de partout et la lumière devient diaphane, remplie de pollen et de pétales envolés. ”

Léos eut moins de chance et se retrouva en rade à une centaine de kilomètres de Paris, à Sens, ville qu'il accepta de rejoindre avec son conducteur pour ne pas rester à l'abandon sur une aire d'autoroute en pleine nuit. Il avait secrètement espéré être hébergé chez cet homme marié qui lui avait raconté ses démêlés avec le fisc, sa maîtresse de vingt ans de moins que lui, son entreprise de meubles... “ Ce soir, je suis censé coucher à Paris, mais c'est elle que je vais rejoindre, je ne peux décemment pas t'inviter. Tu comprends ? ”

Léos venait surtout de comprendre qu'il allait lui falloir trouver un lieu où dormir. L'homme le déposa non loin d'un marché couvert fait de briques rouges et de poutrelles en bois, au pied d'un petit hôtel.

Magnanime, celui-ci négocia le prix de la nuit avec le propriétaire, une connaissance, et Léos se retrouva dans une chambre tiédasse qui donnait sur un parking. D'un plafonnier, un fil de tungstène incandescent répandait une lumière crue sur l'ensemble des murs. Un rideau de fenêtre, auquel manquaient deux anneaux, bâillait nonchalamment.

" Julia mon amour, quels étranges chemins nous conduisent l'un vers l'autre. Je suis dans une ville inconnue, à l'intérieur d'une chambre mortuaire avec un lavabo craquelé et du linoléum au sol : l'*Hôtel des Voyageurs*. J'ai froid, je vais dormir tout habillé, mon manteau posé sur le dessus-de-lit pour me tenir chaud. Le type qui m'a transporté jusqu'ici m'a offert un hamburger sur la route. A la nuit tombée, il s'est mis à siffler des lampées de vodka à même la bouteille ce qui m'a donné des frayeurs. J'ai pensé que tout cela n'était qu'un rêve... Hypnotisé, je fixais sur le compteur lumineux les kilomètres qui défilaient, sachant qu'ils me rapprochaient de toi. Ce premier soir de notre itinéraire, j'ose t'imaginer dans un endroit plus luxueux que le mien. Et si tu étais seule au bord de l'autoroute... Non, je suis certain que dans ce genre d'occasion, les filles ont plus de chance que les garçons, elles semblent si vulnérables que toutes les compassions du monde se mobilisent pour les protéger... Infiniment, je pense à toi. "

C'est ce qu'écrivit Léos sur le carnet à couverture de moleskine devenu son journal de bord, *l'Agenda des solitudes* qu'il lui offrirait lorsqu'ils se retrouveraient, qu'elle sache ce que furent ses étroites pensées.

Au Beaucet, dans la petite maison de Leila, aux pierres apparentes et disjointes, la chaleur était tout autre. Un âtre, des paroles, un alcool de figues. La compagnie des femmes, songea Julia : le don et l'abandon. Leila, oranaise et musulmane, évoqua un voyage à Vienne en Autriche où, sans passeport ni carte de séjour, elle réussit à rejoindre une de ses amies en poste dans un bureau de l'ONU :

— C'était avant Schengen, et lorsque les policiers allemands se sont pointés dans le wagon, j'ai caché mon passeport algérien et, tu me croiras si tu veux, paradoxalement je me suis sentie dans la peau d'une juive qui allait se trouver soumise à l'arbitraire de kapos.

— Qu'est-ce que tu as fait ?

— Je suis allée au-devant d'eux, sans broncher, et leur ai dit que je venais d'égarer mes papiers. J'ai prononcer ONU, UNESCO, ils m'ont laissée passer.

— Et au retour ?

Leila rit :

— Je suis revenue en voiture diplomatique !

Avant de s'endormir sur le sofa du salon, Julia resta un long moment à écouter le crépitement des bûches.

## 6

D'un commun accord, ils avaient décidé du silence de leur marche et de ne s'appeler qu'aux derniers instants de leur approche. « A l'heure de se croiser, avait ajouté Julia, il faudra savoir ne pas s'arrêter si nos cœurs doutent un infime instant de l'issue de cette rencontre. Pas de *oui mais*, ou de *peut-être* : si nul désir ne vient habiter notre cœur, nous nous croiserons sans un regard et continuerons notre route. »

Au matin, ils marchèrent sur des départementales. Sacs pendus à l'épaule, chacun de son côté, ils avaient quitté leurs refuges aux premières heures de la matinée.

Pendant le petit déjeuner, Leila insista une fois encore pour que puisse se prolonger son hospitalité. Devant le refus de Julia, elle se résolut à l'emmener à Carpentras jusqu'à la clinique où elle reprenait son poste d'anesthésiste. Elles se quittèrent à une gare routière, près d'un long terre-plein de centre-ville où Leila avait l'habitude de garer sa voiture. Elles échangèrent leurs numéros de portable, gardèrent leurs mains mêlées un instant. Elles savaient qu'elles ne se reverraient pas.

L'autobus pour Avignon ne partait qu'en début d'après-midi, c'est à pied que Julia sortit de la ville. Odeurs d'une matinée du Sud, des bouffées de vent tiède venaient effleurer son visage. Elle ne fit aucun signe aux voitures qui la doublaient et jubila de cette vulnérabilité jamais ressentie : être une éphémère de bord de route, cette jeune fille blonde que l'on dépasse sans savoir son prénom, son âge, ni ce qu'elle fait là. Une passante.

Plus au nord, le brouillard et le gel, Léos enfila le capuchon de son duffle-coat. Les prairies jouxtant la petite route étaient surmontées de nuages de brume qui leur donnaient un aspect fantomatique. A la sortie de Sens, entre les limites de l'agglomération et la bretelle sud de l'autoroute, il s'arrêta en pleine campagne afin de profiter de cette préciosité du matin. Il se faufila alors entre les barbelés d'un clos et marcha à grandes enjambées dans l'herbe alourdie de givre. Il se dit que ces lieux, cette humidité hivernale, ces odeurs de froid, s'ajouteraient à la liste des campagnes qu'il traverserait pour retrouver la femme de ses émois. C'est là, dans ce nuage de mystère, qu'il aurait voulu que la rencontre se produise, maintenant, que Julia lui apparaisse pareille à une sylphide revenue d'un long périple initiatique, forte de résolutions et d'une science des choses propre à vivre sans tourments.

Ecorces éraflées, arbustes ployés, abattures animales, tout le renvoyait à une vie qu'il méconnaissait, un monde paisible se déployait là, sous son regard étonné, auquel il n'avait jamais songé. Ayant repéré un chemin de terre qui longeait un boqueteau, il s'y enfonça à grandes enjambées. Silence alentour, il n'entendait que le crissement de ses pas sur les bourrelets de glaise gelée. Il se sentit pleinement au cœur d'un terroir et se délecta des arômes d'humus et des coulées de givre qui ornaient les branchages.

Lorsque, plus tard, il reprit sa route sur un macadam recouvert d'une fine pellicule blanche, il s'emplit la tête et les poumons de ce moment d'exaltation qu'il se promit de ne pas oublier. Voulant profiter encore des bosquets nimbés de bruine, des haies d'où s'envolaient des grappes d'oiseaux, il fixa avidement les lisières dans l'espoir d'y apercevoir un animal s'aventurant vers la lande.

Après quelques heures de marche, il franchit la vingtaine de kilomètres qui l'amenait aux cabines de péage de l'A6 et continua jusqu'à la première station-service toute proche. Il s'y arrêta pour boire un café en gobelet sorti d'un distributeur automatique. Au mini-market, il acheta une tablette de chocolat aux éclats de noisettes et un paquet de biscuits.

Il se rendit auprès des pompes à essence et questionna les conducteurs à l'arrêt.

# 7

Cette effarante idée de ne pas reconnaître Julia tenaillait Léos. Il avançait ainsi avec celle qui avait disparu à son regard depuis la gare routière de Val-d'Isère : image figée d'une jeune fille au bonnet de fourrure. Par quelles rencontres s'était-elle laissé emporter ? De quelles rues, de quelles fumées, de quels alcools se trouvait-elle imprégnée, alors que lui n'avait fait que circuler à l'intérieur d'un appartement dont elle savait chaque recoin. Qu'aurait-il à lui apprendre qu'elle ne connaisse déjà ? Que pèse l'amour, se demanda-t-il, face à la Méditerranée, aux inconnus, aux jours et aux nuits de fièvre et d'errances, aux éblouissements ?

A l'arrière du minibus qui l'emmenait, Léos ressentit une gêne qui le troubla. Ne se retrouvait-il pas dans la peau du parent venu récupérer la petite fugueuse qui aurait échappé à l'ordre des familles ? Lui était l'ordre, Julia, la tempête, le vacarme. La dissidence.

Le couple hollandais, devant lui, parlait un français impeccable, à peine une pointe d'accent. Ernst était traducteur, Marianne dirigeait un corps de ballet d'Amsterdam. Il avait traduit Villon du vieux français et même Mistral, de l'occitan... Ernst se retournait spasmodiquement et lançait enjoué une strophe de la *Ballade des dames du temps jadis*... “ Dites-moi où n’en quel pays est Flora la belle Romaine... ” Il évoqua *l’Arrache-cœur* traduit en flamand par lui récemment, “ cette eau rouge qui traverse le roman comme un fleuve de sang ”, puis le XVI$^{e}$ avec délectation, son siècle de prédilection, Ronsard, Du Bellay, Rabelais. “ Pantagruel, enfant, se torchait le cul avec des poussins vivants... Vous vous souvenez ? ”

Non, Léos ne se souvenait pas. Il ignorait tout ce qui venait de se dire sur la littérature et se sentit humilié qu’un étranger connût si bien ce qu’il était supposé savoir de sa propre histoire.

Après avoir dépassé Auxerre, des flocons discontinus de neige se mirent à tomber. Le couple lui apprit que leur destination était Vézelay où ils possédaient une maison de village. Léos raconta le but de son voyage : Julia, l’itinéraire que s’offraient les jeunes amants...

— Si vous ne connaissez pas la basilique romane de l’endroit, vous devez accepter de nous suivre. Vous verrez, c’est une inconcevable révélation que d’y entrer pour la première fois... Elle est dédiée à Marie-Madeleine, la pécheresse du Christ.

— Nous avons une chambre d’amis, avec tout le confort, crut bon de préciser Marianne pour rassurer Léos.

Léos s’écartait une fois encore de l’autoroute mais repensa avec effroi à sa nuit à l’*Hôtel des*

*Voyageurs*, et cette perspective, plus que la basilique, le réjouit. Un bain chaud !

Sortis au péage d'Avallon, ils empruntèrent une départementale qui serpentait au milieu de collines enneigées.

# 8

Pourquoi se quitte-t-on plutôt que de rester unis pour affronter un monde hostile à deux? se demanda Julia alors qu'elle arrivait à la périphérie d'Avignon. La vie nous devient-elle plus luxuriante d'être découverte en la compagnie d'êtres différents ?

Elle avait fait signe à des voitures pressées qui ne s'étaient pas arrêtées et, écœurée, avait décidé de marcher sans plus se retourner. La sangle de son sac lui cisaillait l'épaule. Elle ressentait de la fébrilité à la pensée de retrouver Léos et fut même tentée de déroger à leur promesse, appeler maintenant, lui avouer qu'elle flanchait, qu'elle allait prendre un TGV à Avignon pour sentir au plus vite son odeur la capter. Elle songea au sexe de Léos, ses lèvres, leurs jeux, les ailes de l'ange qui revenaient comme un manège enivrant. Cette emprise érotique qui avait commencé de la saisir la veille, lorsque le crépitement des bûches lui avait révélé un manque cruel : être seule et ne pouvoir partager un tel instant de paix et de volupté.

“ Le premier arrivé à Lyon téléphone à l'autre ! ” indiquait encore le protocole des retours décidé par Julia. Elle pensa qu'elle y serait la première puisque sa distance pour y parvenir était moindre que celle de Léos depuis Paris. Ils avaient encore deux, trois jours devant eux pour s'imaginer, s'espérer, aller l'un au-devant de l'autre en affrontant les kilomètres et les incertitudes du chemin. Rien de sacrificiel, songea-t-elle, cette lente avancée qu'ils s'étaient ordonnée ressemblait plus, dans son esprit, à une retraite spirituelle, quand l'effort conduit à ne voir que l'essentiel de ce qui unit les choses et les êtres. Un acte de foi porté par l'ascèse, débarrassé du confort et de la vitesse à la portée de tous. Elle imagina la beauté qu'il y avait pour deux jeunes amants à déambuler ainsi sur les routes d'un territoire inédit et piqueter de leur passage les carrefours et les relais, tout ce qui mémorise l'itinéraire des caravaniers.

Danse des corps, esthétique vagabonde d'un amour, leur première œuvre...

Julia avançait inexorablement vers Léos, ne sachant ce que signifiait cette attraction pour un homme, ni d'où elle provenait, certaine qu'elle avait raison de se soumettre à une sourde exigence que nul ne pouvait expliquer. Elle en resta à ce constat : les êtres s'aimantent à la manière de corps célestes, par des forces venues d'un temps où la raison ne fut pas souveraine.

# 9

Aussitôt captif d'une austérité de pierres, dès son entrée dans la basilique, Léos fut subjugué par le jeu contrasté du blanc et du gris-vert des hautes arches de la nef. Pénétrant un territoire sacré que des millions d'hommes et de femmes avaient foulé avant lui, il se retrouva de plain-pied dans un lieu du recueillement et de la foi. Sentiments qui lui étaient jusque-là étrangers mais que d'impalpables vibrations lui firent percevoir. Il s'avança, comme s'il était le premier d'une lignée surgie de nulle part, un garçon du siècle qui découvre une majesté archaïque et s'en trouve aussitôt rempli. D'exaltation comme d'humilité. Semblables à lui, des voyageurs à pied s'étaient arrêtés là durant des siècles en marche pour Compostelle. Ils avaient prié, dormi, repris des forces pour que leur voyage ne puisse s'interrompre, qu'il soit mené à son terme et que la quête du Mystère se poursuive. Troublé par l'abrupte beauté, Léos sentit un tressaillement lui traverser le corps, une émotion vive qui sembla alléger le poids de tourments qui l'assaillait depuis des semaines. Sous l'ample chapiteau, il marcha en ligne droite vers le chœur, aimanté par une clarté qu'il sentait le brûler. En bout de nef, il leva les yeux vers l'ardente lumière, s'arrêta et, comme si une charge émotionnelle accumulée en silence durant tant de jours venait de disparaître, il sentit des larmes libératrices fendre ses pupilles. Julia n'était plus là, à l'intérieur de son être, à lui déchirer les entrailles. Immobile, il resta un long moment à se régénérer au calme qui venait de l'envahir, à profiter du baume apaisant, d'un silence. Léos eut le sentiment qu'une peau gangrenée venait de le quitter et le délier de sa servitude : il n'était plus que lui, sans passé ni tourment, dans la plénitude d'un instant.

Sorti de la basilique, il voulut garder en lui, comme un talisman, cette ferveur apaisante qu'il ne voulait pas voir disparaître. Il s'en alla marcher vers un promontoire tout proche qui dominait une vaste vallée plantée de rectangles forestiers, tapissée de prés où la neige régnait en plaques déchiquetées. Les yeux perdus dans ce lointain, il se trouvait au sommet de la colline de Vézelay repérable à des lieues à la ronde, au détour des lisières et des chemins, phare terrestre des marcheurs de Compostelle. Regardant les lambeaux de brouillard qui flottaient à ses pieds, il se souvint de gravures chinoises où le minéral et le ciel viennent se confondre.

Ernst et Marianne semblèrent peu surpris du changement opéré sur le visage de Léos. Ils devinèrent qu'une infinie quiétude s'était installée en lui et furent rassurés que ce garçon qu'ils venaient d'héberger ne portât plus sur lui, comme une maladie, sa mélancolie.

## 10

Alors qu'il conduisait sans détourner son regard de l'autoroute, le type à la boucle d'oreille en argent posa négligemment sa main sur le jean de Julia. Elle le repoussa violemment.

— Eh quoi, dit-il, ce n'est pas la mort de poser sa main sur une cuisse...

— Ce n'est pas une cuisse, c'est *ma* cuisse. Et je ne vous permets rien.

— En fait, t'es une allumeuse de première, tu montes en voiture avec un homme et tu imagines bien qu'il va se passer des trucs dans la tête.

— Dans la vôtre, pas dans la mienne.

Il venait d'actionner le verrouillement des quatre portes. Un claquement sec.

— Prisonnière ! dit-il. Qu'est-ce que tu dis de ça ?

Instinctivement, Julia s'enfonça dans son siège. Ce qu'elle avait redouté en acceptant de monter dans cette voiture était en train de se produire : elle se trouvait à vingt centimètres d'un porc ou d'un fêlé, ce qui n'était pas mieux.

— Tu vas me faire gentiment une pipe pendant qu'on roule...

— Vous me blessez...

— A moins que la petite conne préfère qu'on s'arrête.

— Je mords...

— Tu n'as pas intérêt. Regarde, j'ai ce qu'il faut pour te rendre obéissante.

Il tendit la main vers la boîte à gants et en sortit un revolver.

— Tu n'avais pas pensé à ça, hein petite conne ?

Tout en roulant, il abaissa la vitre côté conducteur, changea l'objet de main et, l'arme pointée vers le ciel, appuya sur la gâchette. Deux détentes brèves claquèrent comme des menaces. Puis, d'un geste las, il balança l'arme sur les genoux de Julia.

— Regarde petite conne, plus de balles. Nothing ! J'aime impressionner. Avoue que tu as eu peur, que tu t'es dit, je suis avec un demeuré, malade mental et tutti quanti...

*Où es-tu Léos ? J'ai besoin de toi...*

— Prends-le, dit-il en désignant le revolver, prends-le, il est inoffensif. Tu vois, le métal est glacé... Un bijou grand comme une main et qui peut tuer. C'est la première fois que tu touches une arme ? T'es morte de trouille. C'est normal, même avec un chargeur vide, ça impressionne...

*Léos, mon amour...*

— Les pipes, je m'en fous, la salive, ça m'irrite les muqueuses, si tu veux savoir. Ta culotte est sûrement toute mouillée et toi, tu es toute pâle...

— Je veux descendre.

— OK, je ne suis pas un forcené de la chose. J'aime faire peur, le reste je m'en tape. Tu sais quoi ? Je m'arrête là, sur la voie de secours, tu enlèves ton jean et tu fais glisser ta culotte sur tes petites cuisses marbrées. Un souvenir... Donnant, donnant : ta culotte, et je te laisse filer.

— On s'arrête, là. Maintenant.

Le type actionna ses feux de détresse, ralentit, Julia avait commencé à extirper son jean, retira sa culotte et la lui tendit. Il la respira longuement en fermant les yeux :

— Ça sent la petite conne effrayée, j'adore ! Regarde où je la mets ta précieuse. Il accrocha la culotte sur le coin du rétroviseur. Drapeau blanc, je me rends, dit-il.

Il fit claquer les verrous de sécurité, Julia se retourna, prit son sac, ouvrit la portière et descendit. L'homme redémarra en trombe.

Julia se retrouva en rase campagne. L'incessant flux des voitures qui la frôlaient, les déplacements d'air, lui faisaient à chaque fois l'effet d'un coup de poing. Hébétée, elle resta un long moment sur le bord de la route ne sachant s'il lui fallait pleurer, faire des signes, ou s'asseoir sur la rampe métallique de protection. Elle leva alors les yeux vers un ciel sombre où roulaient à toute allure des nuages égarés.

# 11

Somnambule, elle se mit à marcher. Avancer, son unique raison de l'instant. Elle ne voulut pas se résoudre à rester prisonnière de sordides pensées. Alors, sa gorge déploya une plainte monocorde, un râle de femme humiliée, puis, pour supplanter la rumeur automobile, Julia sortit du fond de sa gorge un cri glacé qui traversa les prairies et les forêts alentour. Plusieurs fois elle répéta ce cri qui s'en alla mourir vers les chênes et les frênes, à leurs cimes.

Elle contempla le long trait d'autoroute qui fuyait devant elle. Il lui sembla infini.

Au milieu d'un tohu-bohu de cylindres et de pistons, Julia alla puiser au plus profond d'elle une énergie de mots, l'aveu de sa défaite, pour murmurer une psalmodie qu'elle adressa à Léos :

“ Mon cher amour, c'est une épreuve que ce trajet qui me mène à toi. Je suis encore dans le Sud, pourtant j'ai froid, je veux ta chaleur, tes mots, te toucher... Les merveilleux nuages m'obsèdent, les vois-tu avant moi ? J'aperçois tout autour des branches se ployer, mais ne sais trouver d'où vient la force qui les agite... D'où arrive-t-il ce vent qui nous enveloppe de ses frasques ? De là où tu te trouves, avec ta mèche sur le front et tes cils berbères ? A cet instant, c'est de beauté que j'ai envie, pas de la souillure ni de la saleté, je veux de la beauté te dis-je, qu'elle nous accorde le pouvoir de la côtoyer toujours, de nous soumettre à ce qu'elle offre aux sens et aux cœurs, à nos raisons déglinguées... Mes pas vont vers toi, empreints de la gravité à songer à cette croisée des chemins où nous nous apercevrons... Je pense à ce moment béni de nos retrouvailles dont nous avons voulu retenir l'instant, comme on retarde une jouissance pour s'accorder le plaisir de la vivre à deux. Je t'invite au festin qu'il y aura à caresser ma peau, à respirer chacune de mes odeurs, ces parfums inventés par nos replis, nos plis : l'identité des essences... Mon bel amant, je suis toute en toi, à toi, pour toi lumineuse dans le fatras du monde, j'attends que... "

Julia soudain se retourna. Une voiture de gendarmerie venait de s'arrêter en douceur derrière elle. L'un des deux militaires sortit aussitôt et demanda ce qu'elle faisait là :

— Vous savez que c'est interdit de faire de l'auto-stop sur l'autoroute...

— Je suis montée dans une voiture au péage d'Avignon...

— Et alors ?

— L'homme m'a dit soudain de descendre, qu'il ne voulait plus voir ma tête, que je l'écœurais.

— Il a voulu vous violenter ?

— Pas du tout. Il a dit, je ne veux plus voir ta tête, tu m'écœures...

— Vous avez une pièce d'identité ?

Julia posa son sac à terre et fouilla dans son anorak. L'homme vêtu d'une parka bleu marine examina le petit morceau plastifié, puis le lui rendit.

— Bon, dit-il, vous allez monter avec nous, on vous conduira jusqu'au prochain relais-essence, juste avant Valence. Vous trouverez sans aucun doute une voiture sur place. Vous allez où ?

— A Lyon.

— Si tout va bien, vous y serez dans la soirée.

Elle accompagna le gendarme et monta à l'arrière. Elle salua son collègue à qui fut conté le mensonge de Julia.

Quand la voiture redémarra, celui qui était venu à sa rencontre se retourna :

— Vous n'êtes pas du tout écœurante, je vous assure. Vous avez eu affaire à un cinglé comme il y en a des milliers en circulation. L'autoroute est un microcosme à vif : des fous furieux y sont là comme s'ils tournaient dans un film, ils se prennent pour ce qu'ils ne sont pas dans la vie ordinaire, et alors ils se défoulent. Ils roulent vite, ils agressent, ils sont inciviques, toutes les frustrations sont au paroxysme. Ils se croient dans un lieu de nulle part où tout est devenu permis... Vous voulez un café brûlant ? On a toujours un thermos avec nous.

## 12

— *Caminante, no hay camino, el camino se hace al andar*, énonça Ernst. Traduis à Léos, s'il te plaît, demanda-t-il à Marianne.

— Toi qui chemines, il n'y a pas de chemin, le chemin se fait en marchant...

— C'est de Machado, mais peu importe. C'est bien cela que vous êtes en train de tenter avec Julia. Marcher vers son élue, son aimée, marcher et rencontrer l'ivresse, la grêle et le gel, comme les chaussées de traverse, marcher et se trouver face à sa solitude. Mais surtout, devenir dépendant de la sollicitude d'autrui. Comme Siddhartha, comme Hölderlin, comme Heinrich von Kleist, tous itinérants de sentiers qu'ils voulaient voir se remplir d'humanité et de poésie, vous accomplissez votre itinéraire pour rien. Je veux dire : rien qui vous soit extérieur. Le but n'étant pas l'autre, mais vous-même, vous parcourez des paysages pour vous nourrir du monde avant de savoir ce que vous choisirez du monde. La fin du voyage n'est pas une foi retrouvée, mais la jouissance de soi. Ou l'abandon de soi. Mais d'un soi transformé par l'aridité de la route, par les écueils et les ronces d'un quotidien subversif. Sachez une chose : quand vous retrouverez Julia, vous ne serez plus le même. C'est cela la force du chemin et la soumission qu'on lui doit.

Il y avait, dans la maison hollandaise de Vézelay, des milliers de livres en flamand, en français, en anglais, un piano droit, du papier en rames, des vinyles, des CD, une flûte traversière, des bouteilles de genièvre en terre cuite, un ordinateur, une boîte à cigares, des fauteuils spacieux, des vases en cristal de Bohême, un néon bleu qui dessinait le mot *océans*, des lampes moirées de Gallé, un atlas routier de France, des cartes postales exotiques posées à la verticale sur une bibliothèque, devant la tranche des livres... Ernst montrait sa dextérité à manier le français en faisant nombre de jeux de mots, explicitait un vers de Villon, raconta l'extrême plaisir qu'il eut à traduire *La Princesse de Clèves*, l'amour insensé et impossible entre une femme et un homme qui n'auraient jamais dû se rencontrer, ni se voir, ni s'espérer :

"La littérature est remplie de sentiments que nous aurions aimé ressentir une seule fois dans notre vie. C'est pour cette raison qu'elle nous retient tant, qu'elle est une balise de nos espérances les plus folles, que ce soient celles de l'amour ou de l'ascèse, de la folie ou de la rigueur, un repère qui, lorsqu'un jour par hasard il survient dans notre propre environnement, nous rend atones et désemparés d'être arrivés dans notre existence à un point ultime de la littérature."

Léos écoutait, apprenait ce qu'aucun professeur de français ne lui avait jamais enseigné sur les romans qu'il n'avait lus qu'obligé, n'y trouvant ni résonance affective, ni allusion même lointaine à sa propre vie : des exercices fastidieux et contraignants qui lui avaient semblé venir de planètes barbares.

Après son après-midi à la basilique, il eut le sentiment que le monde n'était pas celui qu'il avait imaginé jusque-là, qu'il se trouvait des niches inconnues où exulter, où pianoter autrement sur le clavier des humeurs, un monde riche de luxuriance, avide d'élégances qu'il n'avait pas soupçonnées. Des mondes où Julia ne régnait pas.

— Et encore, nous n'avons pas évoqué Shakespeare, dit Ernst en riant : les crimes, la jalousie, la vengeance, la passion bien sûr. Et le sang, à la vie à la mort... Tout y est. Mais ce sera pour une autre fois, dans une autre de nos existences... Vous croyez en Dieu, Léos ?

— Je ne sais pas...

— Moi, je suis agnostique. Etre agnostique rend plus facile l'idée de mourir. La perspective du néant me rassure, surtout dans les moments de contrariété ou de découragement... Les croyants, eux, préfèrent la foi qui apaise à la raison qui soucie. Des fables, des fictions, des mythes, plutôt que d'assister au dévoilement de l'évidence tragique du monde !

Ernst glissa un CD dans le lecteur, alluma un cigarillo et se glissa dans un des fauteuils. Marianne le rejoignit en s'asseyant sur l'accoudoir.

— J'ai choisi Schubert pour diriger notre chœur du soir. *Ich bin ein Wanderer*, se définissait-il lui-même : je suis un voyageur. C'est demain matin que tu pars, cher *Wanderer*, dit Ernst en tutoyant soudainement Léos. Je t'accompagnerai jusqu'à l'A6, ton chemin de miséricorde !

Mordillant son cigarillo, il rit de bon cœur.

# 13

Julia avait quitté l'autoroute et décidé de continuer son itinéraire vers le nord, par les petites départementales qui longeraient le Rhône. Un jeune couple – elle professeur de sciences naturelles, lui, potier – qui revenait de Dieulefit avec un quintal d'argile empilé en pains de cinq kilos à l'arrière d'un van, avait conduit Julia jusqu'à leur maison en bordure de fleuve. Une famille, deux enfants, des monceaux de jouets... Eclats de rire et odeur de chocolat, Julia se reconnectait à la gaieté d'une vie simple. Comme s'il fallait se laver de souillures, à son arrivée elle demanda aussitôt où se trouvait la douche. Puis, en peignoir, elle monta dans la chambre des garçons pour s'emplir de leurs rires et de leurs jeux. Moment d'intimité, l'aîné lui confia que son père n'était pas son vrai père, que celui-ci était ailleurs dans un pays de neige au nord de l'Europe.

— Tu sais ce que c'est un oiseau migrateur ? demanda-t-il à Julia.

— Un oiseau qui vient de la Norvège ou de la Suède et qui va passer l'hiver en Afrique.

— C'est bien ça. Et tu connais les oies cendrées ?

— Je n'en ai jamais vu.

— Mon père habite le pays des oies cendrées. Elles sont gris, noir et blanc. Elles peuvent voler le jour, la nuit, sans jamais s'arrêter. Au début de l'automne, je me suis levé chaque nuit en pyjama pour écouter si c'étaient le vent ou leurs ailes qui venaient frôler ma fenêtre et m'apporter des messages de mon père.

Dans la nuit, sur son lit de camp, apparut dans les rêves de Julia l'homme à la boucle d'oreille argentée, sa voix surtout : manège fastidieux qui la ramenait à la vulgarité dont elle se sentait meurtrie.

Sans demander son reste, elle quitta la maison aux premières lueurs de l'aube.

Eblouie par les milliers de reflets qui scintillaient sur l'eau d'un matin, elle resta un long moment à perdre ses pensées dans les remous du Rhône que provoquaient les péniches. Son sac posé à son côté, elle songea aux glaciers alpins d'où provenait cette eau brunâtre, les pluies, la neige, les rivières, les torrents... Le village s'appelait Givry. Remonter jusqu'à Lyon en bateau serait l'idéal, se dit-elle. Mais le fleuve était si large qu'il lui sembla inutile de faire des signes à des bateliers qui ne verraient là que des salutations égarées.

Il me faut aller jusqu'à un port, décida-t-elle.

Elle avait peu dormi, mal dormi, et pensé à Léos à chacun de ses réveils. *Mon amour*, avait-elle murmuré dans la nuit comme une litanie. D'autres auraient dit mon Dieu, elle disait *mon amour*, l'avait répété jusqu'à l'obsession.

# 14

Léos et Julia se trouvaient l'un et l'autre à l'entrée de portes qui peut-être ne s'ouvriraient pas sur un identique espace, une même clarté. Dans l'anxiété comme dans l'ardeur de se retrouver, tous deux se demandèrent quel serait ce visage qu'ils allaient apercevoir, quel travestissement avait pris l'objet d'un amour devenu virtuel à force d'absence. Ils se rêvaient, s'attendaient, repoussaient les pensées négatives de la désillusion qu'il y aurait à retrouver un étranger.

Lorsqu'il s'était avancé dans la nef flamboyante de la basilique, pour la première fois depuis ses semaines de solitude Léos se sentit débarrassé de la lancinante présence de Julia. Elle n'était plus l'écran qui lui dissimulait l'effervescence des choses, plus le paravent entêtant qui l'empêchait d'envisager son existence autrement qu'avec elle. Un éblouissement avait avalé d'un trait les nuées d'ombres qui encombraient son cœur, les ténèbres de la jalousie, le tourbillon des rancœurs. Traversant des territoires où tout lui était inconnu, Léos redécouvrait une innocence perdue, l'aptitude à entendre d'autres bruissements du monde, à désirer ardemment ses souffles, ses confidences.

L'errance des sentiments de Julia était inverse. Culpabilisée d'avoir brisé une perfection, elle s'en voulait de s'être laissée aller à la désinvolture qu'il y a d'interrompre unilatéralement des heures et des nuits où les peaux et les voix se mêlent. A présent elle n'avait qu'une idée : qu'ondulent leurs muscles à s'étreindre, leurs paroles à s'entendre. A son tour, elle prit peur.

## 15

Remis en orbite sur l'autoroute par Ernst, Léos trouva presque aussitôt un routier allemand qui descendait vers Marseille. Conversation laconique, chacun utilisant les bribes de la langue de l'autre. Il crut comprendre que le chargement était composé de machines-outils destinées à l'Algérie.

La neige disparut en cours de route.

Ils déjeunèrent dans un *Campanile* à la périphérie de Mâcon et, d'une traite, filèrent à nouveau vers le sud. Le routier aimait rouler en fanfare et ne fut pas peu fier d'exhiber son lecteur triple CD qui diffusait d'une manière aléatoire du rock, du classique et une musique tzigane qui avait le don de le faire se déhancher sur son volant.

En milieu d'après-midi, ils arrivèrent à Lyon. A la sortie du tunnel de Fourvière, Léos sauta des hautes marches du camion, rejoignit à pied la gare de Perrache toute proche et s'installa sur un banc dans la grande salle de transit des départs et des arrivées. Il fut certain que ce ne pouvait être dans un tel endroit que leur rencontre puisse avoir lieu. Manquaient le ciel, des étoiles, un horizon, l'espace providentiel où ils allaient de loin s'apercevoir, sans témoins, que la liturgie des retrouvailles s'accorde à l'intensité des trajets qu'ils venaient de parcourir.

# V

# LA RENCONTRE

*“ Nous avons des devoirs sacrés à remplir en ce monde. ”*

Lettre de Suzette Gontard
à Hölderlin.

# 1

Heureux de retrouver l'ambiance rassurante des voyageurs du rail, les annonces de haut-parleurs, les valises à roulettes, les amoureux qui se quittent en restant là, à ne rien se dire, à seulement s'effleurer les cheveux et les revers de manteaux, Léos s'étourdit de tant de couleurs et de bruits.

Ainsi, il était à Lyon. Il serait donc le premier à devoir appeler ! Pourtant, il hésitait à appuyer sur la touche Julia de son portable. Cette effervescence de retrouvailles et de séparations, d'attente, de visages ébahis ou fermés, lui rappela que ce soir peut-être, demain au plus tard, il allait se trouver confronté à une situation identique : se perdre dans les bras de Julia ou s'éloigner d'elle à jamais.

Buvant un café-express assis sur un haut tabouret de mini-bar, il surveilla la sonnerie de son téléphone, redoutant de voir apparaître le nom de Julia sur l'écran, qu'elle lui apprenne qu'elle était, elle aussi, arrivée dans la même ville que lui.

Il fallait se mettre en quête d'un hôtel. Il avait envie de passer une dernière nuit seul, à ruminer d'ultimes interrogations. Allaient-ils s'étreindre follement ou poursuivre indifférents leur chemin ? Il lui fallait réfléchir encore sur ce quitte ou double menaçant. Il demanda au barman comment se rendre à pied vers le centre-ville. “ Sortez de la gare, longez le Rhône et cherchez les panneaux qui indiquent la place Bellecour. Mais il y a des bus, vous savez... ”

Au contraire de Julia, lorsqu'il longea le fleuve, Léos songea à ses eaux furtives qui s'enfuyaient vers l'aval, vers la Méditerranée, aux abords peut-être de la femme avec laquelle il avait rendez-vous. Eaux chargées de terre, charriant des écorces, une cargaison de débris organiques venue des villes et des plaines traversées, que le courant emportait.

La lenteur deviendrait-elle un gage de vertu ? se demanda-t-il. Il aurait pu mettre trois heures en train rapide pour venir rejoindre Julia, trois maigres heures où il aurait ignoré tout d'une aube de rosée, rien su du brouillard, des chemins caillouteux, des vers de Villon, d'un impromptu de Schubert et des poussins de Rabelais. A l'heure des lignes satellitaires, aériennes et des lignes ferroviaires à grande vitesse, il pouvait sembler dérisoire de s'infliger un aussi misérable trajet terrestre. Pourtant, Julia, dans sa détermination à faire une œuvre de leur rencontre, avait eu mille fois raison, songea-t-il, de les envoyer tous deux sur les routes de France pour ce lent parcours des amants.

## 2

Place Bellecour, il se rendit compte que les hôtels environnants seraient trop chers pour lui. Pourtant, l'endroit lui plaisait avec ses brasseries aux auvents colorés, l'entrée d'une large rue piétonne. Dans une librairie, il s'enquit auprès d'une vendeuse sur des résidences moins luxueuses. Elle lui indiqua le quartier Saint-Paul, “ vous traversez la Saône et vous y êtes, c'est juste en face. ” Elle avait fait un geste de la main.

Il arpenta la vaste place et découvrit le second fleuve de Lyon situé à moins de cinq cents mètres, au nord de l'autre. Après avoir traversé le premier pont à sa portée, il pénétra un quartier modeste, mais plus chaleureux. L'*Oriental Hôtel* sembla correspondre à ses moyens et lui plut d'emblée. On l'installa dans une petite mansarde donnant sur le fleuve, au dernier étage. La chambre était meublée à l'ancienne, de bric et de broc avec des statuettes d'angelots et une vierge rococo peinte en rose et bleu délavé, posée sur un tablier de dentelle. L'atmosphère le ravit et, de la fenêtre, il observa les scintillements de l'eau et de la ville en contrebas, sur l'autre rive.

Les lumières des réverbères s'allumèrent sur les berges.

Il se déshabilla, prit une douche, s'allongea sur le lit, son portable près de lui, et dut s'avouer qu'il ne ressentait pas le désir impérieux d'entendre

Julia. Comme si l'approche du dénouement était parvenue à le tétaniser, il louvoyait, tergiversait avec ses sentiments. Pourtant, il fallait bien le terminer ce voyage, que l'œuvre entreprise trouve sa conclusion.

Où se trouvait-elle ? Il l'imagina étendue comme lui, dans une chambre lyonnaise, kitsch à souhait, son portable auprès d'elle, alors qu'une ultime hésitation la faisait, elle aussi, retarder l'instant d'appeler. Eprouvait-elle du désir pour lui, le désir encore de se revoir ensemble dans le studio de la Bastille ? Cette vision fugace de leur minuscule logement qu'il avait pris pour un palais quand l'amour y régnait, lui sembla décalée de ce qu'il espérait à cet instant. A l'heure de retrouver celle qu'il avait tant attendue, qui l'avait obligé à se battre bec et ongles dans un trou noir où il avait cru perdre pied, Léos se demanda si cette béance ténébreuse n'avait pas été si grande que leur amour s'y était englouti. Qu'en était-il à cette heure, alors que son malheur s'était dissous, que la douleur ne le ferrait plus de ses tenailles, que son impuissance à ressentir le moindre sentiment étranger à ce qui l'étreignait alors, avait disparu ?

Soudain, il ne voulut plus attendre. Il lui fallait se rendre vers l'ultime étape de l'itinéraire, celle qui lui donnerait tout son sens. Se confronter enfin à Julia, la regarder s'avancer et qu'il se trouve à entendre les battements de son propre cœur, à l'écoute des palpitations qu'allait provoquer cette vision. La nuit, se dit-il, la nuit, le moment idéal des effusions et des visages en clair-obscur, quand les larmes et la stupeur s'estompent.

Il appuya aussitôt sur la touche du numéro de Julia :

— C'est moi, je suis arrivé à Lyon, comme prévu je t'appelle. Où es-tu ?

— Sur une péniche remplie de charbon, au confluent de la Saône et du Rhône, à l'entrée de Lyon. A chaque seconde, je pense à toi.

— Mettons-nous en marche, si tu veux bien. Moi je suis dans un hôtel près de la Saône. Quelle rive choisis-tu ?

— La gauche.

— Va pour la gauche... Moi aussi je pense à toi. Je pars à l'instant.

Ils raccrochèrent. A son corps défendant, Léos fut ému d'entendre la voix de Julia. Fiévreux, il s'habilla, n'éteignit pas les lumières de sa chambre et se retrouva vite à enjamber un pont du fleuve pour changer de rive.

## 3

Julia replia précipitamment les feuilles sur lesquelles elle était en train d'écrire à Léos et les enfouit dans son sac. Elle enfila son anorak et courut embrasser la marinière qui l'avait hébergée avec son mari. Celle-ci, enceinte, avait annoncé à Julia qu'il s'agissait d'un garçon qu'ils appelleraient Lucas. Julia caressa le ventre de la femme, se pencha : “ Bonne chance petit homme ”, murmura-t-elle. Puis elle alla saluer le batelier qui fumait, assis sur le bastingage :

— Je regarde les étoiles, dit-il, je me dis que l'âme de Lucas doit encore se trouver sur l'une d'elles avant de venir nous rejoindre.

— Quel est le plus court chemin pour aller vers le centre de Lyon ? demanda Julia qui ne put s'empêcher d'être pragmatique.

— La Saône fait de grandes boucles. Il vaut mieux remonter directement le Rhône par la rive droite, le long de l'autoroute.

Aussitôt à terre, elle balança son sac sur l'épaule, emprunta elle aussi un pont pour se retrouver sur le bon fleuve et sur la bonne rive.

Voilà, c'est arrivé, songea-t-elle. Elle rappela Léos pour lui indiquer le changement d'itinéraire.

Fébrile, elle voulut courir dans la nuit. Mais son sac lui fit si mal à l'épaule qu'elle se réfréna et continua sa marche d'un pas ferme. Une belle nuit pour une rencontre, se dit-elle, avec un ciel constellé au-dessus de nos pensées.

Elle se retrouva rapidement à un grand échangeur de routes emmêlées, certaines remontant vers Paris, d'autres vers Genève. Elle fut rassurée en apercevant une pancarte qui indiquait Lyon-centre. Elle longea une voie express qu'elle traversa ensuite en slalomant entre les voitures pour venir se placer au bord du Rhône. Un large trottoir surplombant le fleuve commençait à cet endroit, elle devina que c'était là, quelque part sur cette bande urbaine de béton, qu'allait prendre fin la danse qu'ils s'étaient offerte.

Léos avait parcouru à nouveau la place Bellecour et, devant un hôtel *Sofitel*, venait de franchir lui aussi la voie express pour rejoindre le Rhône.

A présent, ils se trouvaient à moins d'un kilomètre l'un de l'autre. Sur une même rive. Ainsi, ils auraient mis trois jours pour trouver le décor idéal où se retrouver : un fleuve. Léos avait imaginé un village, un champ de neige, un relais d'autoroute. Un fleuve, quelle bonne intuition de nos destins, songea-t-il. Ça sort des entrailles de la terre, se charge de la pluie des orages, des scories des hommes, de leurs déjections, de leurs larmes, il avance lentement entre les vallons forestiers, croise des clochers, longe des chemins de halage, il parcourt des territoires aux soleils différents avant d'aller embrasser la mer, s'y jeter, lui apporter des richesses traversées, les ombres humaines qui l'ont regardé, admiré, les yeux des enfants qu'il a fait rêver, les millions de photons de lumière qui ont paré ses eaux... Intercesseur entre la roche des montagnes et le flot des océans, il conduit du minéral sédentaire aux vastes étendues d'eau que sont les mers pour unir les continents... Le long de ses berges, songea-t-il encore, des amants se sont rencontrés, se sont aimés, se sont fuis, tandis que de blondes divinités l'habitaient pour prévenir les marins du danger de ses eaux et des rochers qui s'y cachaient. Leurs voix doucereuses chantaient la passion et la mort.

## 4

Sur le long trottoir désert où il était seul à marcher, Léos n'eut soudain pas de doute : la silhouette qui s'approchait vers lui au loin était celle de Julia. Il en fut chaviré.

Pourtant...

L'esprit de la musique nous touche sans l'intermédiaire de l'intelligence et nous communique des transports ineffables de joie, d'extase, comme de nostalgie. C'est bien de musique qu'il va s'agir. Le face-à-face entre deux êtres parvenus au même point de la planète est une partition que les deux protagonistes ne vont pas forcément jouer de la même manière. Ils vont s'accorder, se désaccorder, créer des dissonances imprévues et l'hymne de la rencontre qui annonçait l'ivresse d'exister peut se transformer en une dysharmonie chaotique où les deux solistes vont s'interrompre de jouer pour que cesse la douleur d'avoir à entendre une cantate qui aurait dû se révéler parfaite.

Julia voyait Léos comme sorti d'un rêve. Elle aurait pu le sculpter tant son apparence comptait pour elle à cet instant, en faire une statue pour que l'art de la pierre remplace la réalité de la chair afin que son amant soit présent physiquement et qu'elle pût en toucher sa seule représentation.

Léos, lui, ne voulait qu'entendre la musique produite par Julia et s'en émouvoir, s'enchanter d'indicibles sonorités qui l'auraient amené à fermer les yeux et recevoir ce don du ciel qui saurait si bien moduler pour le ravir.

Il était en attente d'une mélodie inconnue qu'il souhaitait pouvoir l'émouvoir.

Elle était en attente d'une forme qu'elle savait d'avance la séduire.

Armés de cette double incompréhension et forçant l'obscurité que dissipaient à peine de pâles réverbères, ils s'arrêtèrent à distance. Transis de frayeur, conscients de l'abîme qui allait peut-être s'ouvrir devant eux, ils effectuèrent les ultimes pas qui les séparaient. Lorsqu'ils en furent presque à se toucher, Léos ne ralentit en rien son allure. Tout entier dans la détermination qui venait de l'assaillir, il ne put s'empêcher de poursuivre sa route. Il portait désormais en lui le pouvoir de dire non, de refuser tout sentimentalisme pouvant venir le surprendre et annuler sa soudaine décision. Cette capacité d'agir sur le cours des choses le fit songer à un guerrier armé d'un sabre capable de retrancher le passé du présent. Pour l'anéantir.

Sans se retourner, Léos déjà s'éloignait.

Il avait pu voir de près le visage de Julia, il avait pu effleurer son corps emmitouflé dans un anorak ; à l'écoute pourtant, il n'avait entendu venir d'elle aucune musique, celle qui aurait fait battre son cœur.

Julia, sidérée, meurtrie, resta prostrée sur place, elle cria :

— Tu te venges, n'est-ce pas...

— Je ne fais que respecter une des possibilités du contrat que tu as toi-même imposé, dit-il en continuant imperturbable sa marche.

Elle se mit à le suivre, courut comme une égarée, laissa choir son sac à terre.

— Nous aurions lu tant de livres, cria-t-elle, vu tant de films, visité ces villes dont nous rêvions, nous nous serions épousés, il y aurait eu toutes ces nuits à dormir enlacés comme des amants fourbus... Des jours à découvrir ce que nous ignorons, apprendre le monde, tout de la vie, grandir ensemble, devenir un homme et une femme armés de tant d'amour qu'aucun malheur n'aurait pu les terrasser... Nous sommes à deux pas du ciel, Léos !

Elle haletait, trottinait comme un jeune chiot derrière les amples enjambées de Léos.

— Tu entends, nous aurions appris à vivre... Ensemble... Sans jamais de regrets...

Léos se retourna, vit la face défaite de Julia. A la lumière de quelques phares de voiture, une sorte de halo auréola soudain le pâle visage. Ces mots de tragédie lancés par Julia venaient de chanter à son oreille. Léos en fut bouleversé.

Il fit un pas vers elle, puis deux, les derniers pas du voyage.

Une étreinte. Un abandon. Les bras de l'un dans le dos de l'autre, à se serrer. A rester là, debout, et ne pas mordre. Ils se humèrent pareils à deux petits mammifères qui feraient connaissance. Un vent frais qui venait de se lever rougit brusquement leur peau, comme l'émotion, comme le désir de tout dire mais de se taire. Ils restèrent des minutes aussi bien que des heures, le temps filait et eux qui étaient ailleurs, muets, à seulement entendre la rumeur des voitures et le bruissement du Rhône... A se dissoudre, pour Léos, dans la musique de Julia qui venait de renaître à son ouïe, harmoniques et silences, des cordes tendres qui vibraient comme la matière, comme l'univers.

— Regarde le fleuve, dit-elle, pense à la force insensée qu'apportent les torrents, les ruisseaux, les rivières, les affluents pour lui permettre qu'il soit *le fleuve* et le conduire en seigneur à des milliers de pas de la source qui l'a vu naître.

## 5

Ils traversèrent la place Bellecour, timides à nouveau, sans se prendre la main. Léos portait le sac de Julia. Ils enjambèrent un des ponts de la Saône puis aperçurent le néon de l'*Oriental Hôtel*.

Aussitôt arrivée, Julia prit une douche et revint nue dans la chambre aux angelots. Léos lui aussi se déshabilla, ils avaient besoin du regard des nudités. Il aperçut le tatouage au-dessus du sein. Elle dit :

— Ces deux idéogrammes signifient *aujourd'hui*. Aujourd'hui, c'est toi, c'est moi, avec ce foisonnement qui nous entoure, les naissances, les raz de marée, des ombres qui se cherchent, les femmes qui pleurent, des amants qui se retrouvent...

Ils allèrent ainsi vers la fenêtre regarder les lumières de Lyon, les irisations de l'eau.

Soudain, Julia respira fort. Léos crut à un sanglot contenu :

— Tu pleures ?

— Non, je respire notre monde.

Ils ne s'effleuraient pas, debout côte à côte à contempler le spectacle de la nuit, ils savouraient le silence, apaisés d'avoir bouclé l'arabesque territoriale de leur expédition.

— Notre fleuve à nous est de l'autre côté, dit Julia.

— Il y aura toujours un fleuve de l'autre côté, plus loin, une ville, un visage à visiter, dit Léos d'un ton las.

— C'est toi que j'ai envie de visiter. Prends-moi la main s'il te plaît.

Leurs doigts s'emboîtèrent.

— Tu sais quoi, dit Julia, j'ai l'impression que c'est la première fois que tu me touches.

*Remerciements*

Merci à Marina Abramović et à Uwe Laysiepen

*Cet ouvrage a été imprimé par*

FIRMIN DIDOT

GROUPE CPI

*Mesnil-sur-l'Estrée*

*pour le compte des Éditions Grasset*
*en décembre 2005*

*Imprimé en France*
Dépôt légal : janvier 2006
N° d'édition : 14064 – N° d'impression : 75875
ISBN : 2-246-68531-1